名家小写文集

八斗岭上

赵宏兴 著

U0782466

北京联合出版公司
Beijing United Publishing Co.,Ltd.

图书在版编目（CIP）数据

八斗岭上 / 赵宏兴著 . —— 北京 : 北京联合出版公司 , 2024.8. —— (名家小写文集). —— ISBN 978-7-5596-7927-7

Ⅰ . I267

中国国家版本馆 CIP 数据核字第 2024J30K76 号

八斗岭上

作　　者：赵宏兴

主　　编：张海君

出 品 人：赵红仕

出版监制：张晓冬

责任编辑：高霁月

特约编辑：和庚方　张　颖

封面设计：立丰天

北京联合出版公司出版

（北京市西城区德外大街 83 号楼 9 层　100088）

三河市同力彩印有限公司印刷　新华书店经销

字数 260 千字　710 毫米 ×1000 毫米　1/16　13 印张

2024 年 8 月第 1 版　2024 年 8 月第 1 次印刷

ISBN 978-7-5596-7927-7

定价：65.00 元

目　录

第一辑

窗外集

爱情，你到山坡上去住

一

一早，我就起床了，今天要去苗寨采访。

这次我是应邀来开阳县参加笔会的，来之前，我就查阅了有关的资料，其中最想去苗寨采访，遥远的异域对我是陌生的，有着巨大的吸引力。昨天，县委给我写了一封介绍信，介绍我去县内较远的平寨乡，那里是苗族居住比较集中的地方。

到农用车站，乘上班车。中巴车上坐满了人，我一上车，他们就分辨出我是外地人了。

车子在乡野上走走停停，不断有村民背着背篓，带着农具上车。时间是 8 月份了，正值炎夏，但这里天气凉爽，村民还穿着外套，似乎怕被冻着了。

车出县城不久，就是山区了，公路在山间盘旋，久在平原上坐车，现在看车子一会在山顶，一会儿在山脚感到很有意思。

路边的民房与我们内地也不一样了，大多是黑色的，层层叠叠地坐落在山坡上，偶尔也有新盖的房子，但那是平房了，在一片黑色的房子中间显得有些刺目。

车子先到一个叫羊场的集镇，然后再转车去平寨。羊场过去是区公所所在地，是当地重要的集贸地。我没有马上去转车，而是到小镇去转转，想买一本地图册，没有地图册，我担心会在异乡的土地上迷失方向。

小镇上没有新华书店，找到一家私人书店，图书也寥寥无几，没有地图册，令我失望。

我在羊场吃了中饭，再转车去平寨，中巴车开出不久后，就坏在了半山腰上。司机也修不好，要从外面找人来修理，也不知道要等到何时，大家都下来了。

山坡上都是玉米地，绿油油的一片，秆上挂着一个个沉甸甸的穗子。有几个孩子在玩耍，他们坐在用木板做的小平车上，从公路的坡上往下滑，小平车的轮子是轴承做的，滑过地面时，发出哗哗的声音，几个孩子乐此不疲。

从玉米地的深处，走出一位男子，他扛着一个沉重的袋子，手里拿着一个钉耙，到了马路边，他把袋子和钉耙往地上一放，又走回玉米地里不见了。过了一会儿，出来一位妇女，她瘦小的身子也扛着一个沉重的袋子，她把袋子往刚才那个袋子旁边一放，袋子的口散了，原来里面装的是土豆，土豆滚了一地。妇女坐在袋子上累得直喘气。过了一会儿，她开始大声地喊着，这时一个小男孩应着跑了过来，妇女对他交代了几句，又回到玉米地里去了。

男孩把散落在地上的土豆拾到了一个篮子里，想往口袋里装，他先把袋子的口撑开，然后双手举着篮子，但篮子刚一接触袋口，竖起的袋口就塌下去了。他反复着，一个人无论如何也做不了。我便上来帮他，他终于毫不费力地把土豆倒进去了，孩子很快乐。

这时，从玉米地里又走出一个女孩子，胖胖的，也扛着一个袋子，往地上一放。女孩子刚停下来，身后又陆续来了五位妇女，她们都扛着袋子，放到一起，地上立即堆起了一个大堆子，她们如此的出现，让我感到新奇，不知道这一望无际的玉米地到底有多少人。

妇女们把袋子放下，就坐在马路边的土块上，叽叽喳喳地说话，但我一句也听不懂。她们都是宽面额，宽鼻头，穿着一身不合体的粗布衣服，有两个女孩子还是漂亮的，但身上沾着的泥土遮蔽了她们的美丽。现在，她们说着笑着很快乐，看不到一丝劳作的沉重。

那位夫妻又扛着袋子出来了，放下袋子后，他们一群人说说笑笑地下去了，留下那个孩子看着那堆小山似的土豆。

因为有了刚才的帮忙，我们亲近了一些，我走到他的跟前，问，你是苗族的吗？他说是的。我说你会说普通话吗？他说会。我们就聊了起来。小男孩说，刚才那是他的爸妈，其他人是他家请来帮忙的。他们回家吃饭去了，吃过饭还来的。他已吃过了，因此留在这里看土豆。我说你家门前的山都爬过吗？他说没有，他只爬过一个山。说着他用手指了一下。不远处有一座青郁的山，像一个馒头。我说这个山有名字吗？他说叫兰花包。我问是什么意思，他说这个山一到春天就开满了兰花。过了一会儿，他蹲下身子，玩着一块石头，我说你喜欢石头吗？他说喜欢，泥土一下雨就泥泞，不能走路。我说世上光是石头行不行呢？他想了一会，摇摇头说，那也不行，没办法种庄稼了。

车子旁的一位妇女也耐不住寂寞了，过来和我搭话。她说，你是外地来的吧。我说是的。她问，你是哪里的？我说是安徽的。妇女停住了，嘴里唏嘘了一下，吃惊的样子。我问你对安徽熟悉吗？她说不熟悉，但我们这儿每个村子都有六七个女孩子嫁到安徽去了。妇女这一说倒让我吃了一惊。我说，她们在安徽过得好吧。她摇摇头说不好，她们在那里天天要吃馍，吃不上米饭的。妇女这一说，我知道那些女孩子是嫁在淮北阜阳那一带了。妇女接着说，这些女孩子都是被别人骗说去是打工，就被骗走了，至今也没有回来过，也没给家里寄过一分钱。妇女给我指着山脚下的一片黑色的屋顶说，她就住在那里，村子里有苗族和布依族两个民族。

已经中午了，阳光不是太热，稀软地照着，但时间难挨，中巴车终于修好了，那两个修车人从车底下爬出来，满身的油污，也不容易。

车子轰鸣着上路了，我们全都回到车子里。

二

车子到达平寨，这是终点站，车上的人全下来了。

平寨是一个集镇，街上人头攒动，原来这儿在赶集，都下午两点了，集市还是如此的兴盛，要是在我们内地早人去楼空了。

街上卖的多是农具、种子，还有那些低级的甚至伪劣的食品。我看到那些人都背着背篓，妇女们个头不高，那鲜艳、明亮的锦绣上衣，随着身子款款摆动，那带角的蜡染头巾，绿色的围腰，特别是年轻女孩子那闪闪发光的银花银泡，在阳光下闪耀着美丽、动人的光泽。异域的风采一下子抓住了我，我千里迢迢就是来寻找她们的，我感到十分的迫切，恨不得马上采访。我在街上走走看看，小街上的轰轰烈烈与我的心情搅和在一起。

找到乡政府，把县委的介绍信给一位姓汪的宣传干事看，他热情地接待了我。他说镇长书记都去县上开会了，只他一个人在值班。他马上喊来一位青年，让他领我下乡去。

我随小伙子走了，小伙子姓谢，汪干事告诉我，他家就是光中的，那里都是苗寨，他最熟悉。小谢好像没睡醒似的，他拿着写了一页纸的文字，对汪说，这个东西还没写好，汪接过来看看说，没事的，你陪他下乡。

我和小谢乘着镇政府给我派的吉普车，上路了。

车子出了小镇，路上都是三三两两赶集回家的人，他们都是清一色的苗族服装。

车子行了一会儿，就进入山区了，山路是新开的，路边的石壁上还发出鲜艳的颜色，没有风雨侵蚀的陈旧。路一会儿在山腰，一会儿一个急转弯就在山脚了，回头一望刚才的路，如飘在空中，有一种山高路险的感觉。

车子到了光中，光中是一个苗寨，由于里面的一个江上在修水电站，这个村子建得像一个农村小集镇，公路的两边有小饭店、理发店、小旅店、小卖部等，有一两个苗条淑女的身影，大概是工地上的人。

送我们的吉普车回去了，小谢要去找村支书，没找到人。又要找车子送我下去，在这儿人生地不熟的，只有听从他安排了。

过了一会儿，小谢找来了一辆小面包，我们再上车，小面包在大山里行驶不久，就在一个村头停下来，小宋说到了。

这个村子，一律的黑色房屋，屋顶上的圆瓦是黑色的，木板墙是黑色的，房子在山坡上起起伏伏，像一群黑色的乌鸦收拢着翅膀落在地面上。眼下正是盛夏，到处都是疯狂的绿，村中间偶尔有几棵树。山坡上的绿更疯狂了，它们像洪水一样淹没了山谷。这些鲜艳的绿与这古老的黑糅合在一起，混合得和谐清晰，再没有其他颜色了。

小谢给我介绍，这个寨子是苗族居民比较集中的大寨子，在这个寨子看看，其他寨子就不用去看了。

我们往寨子里走，两边的房子走到近前，便更加清晰，那些木板都是古老的，黑色已浸透进木板深处，与木板融为一体了。房子的柱子都是粗大的圆木做的，房子的正面有几个木格窗子。

村子大概很少有外人进来，我们往里走不远，就有一群孩子围上来看热闹，这些孩子穿着红红绿绿的衣服，虽然破旧，但看起来与内地农村孩子并无什么差别。我就与他们搭话，我问，你们上学了吗。他们说上学了。小谢说，他们上的是希望小学。我说你们快乐吗？一个小女孩子说快乐。这个小女孩大大的眼睛，笑得很甜的样子。

这时走来一位年老的妇人，穿着一身苗族手工绣的花裙子，身上背着一个大背篓，她的牙已掉光了，满脸的皱纹，她说着方言，我一句也听不懂，我问小谢，她今年多大了，小谢翻译过去，然后又翻译过来，她八十多了。然后，我又问，你们的小孩子越来越像汉族的孩子了，你看得习惯吗。小谢又翻译过去，老妇人说，过去不习惯，现在习惯了。

这时巷口迎面走过来几个男孩子，是青春少年，穿着城里时下流行的衣服，长长的头发搭在肩膀上，耳朵上打着耳眼，流里流气的。我一看，吃了一惊，难道在这偏僻的地方，青年的生活也受到了外界的污染。他们走过去很远了，我悄悄地问小谢，这几位是村子里的吗？他说是的。

那些女孩子还跟在我们的身后，我对那个女孩子说，我们去你家里看看好吗？其他女孩子就叽叽喳喳地说，她叫王玉，很高兴说行，她在前面领着我们，一群孩子兴奋地跟在身后。

这是一座老房子，王玉打开门，有一股难闻的气味扑面而来，房子被分割成一间间小房子，地是不平的土地，高高的门槛，一进门是客厅，空荡荡的，没什么家具。我又推开侧门，这大概是厨房，一口硕大的锅里盛着浑浊的水。我问王玉，煮的是什么，她说是猪食。屋子里的气味更加难闻了，我退了出来。我对王玉说，你住的房子是哪间。王玉高兴地带我推开一间房子的门，里面只有一张挂着蚊帐的木床，上面铺着薄薄的被子，一只木箱子，一条长凳子，衣服都堆放在纸箱里，一条绳子上搭满了衣服，墙上贴着一张美女与摩托的塑料画，一方小小的窗口，透着外面明亮的光线。王玉说，这就是她和她姑姑的房子了。

从房子里出来，我看有架木梯通向楼上，不知道楼上是做什么的，我有点好奇。我问王玉，能上去吗，她说可以。我小心地登上去，王玉也跟着上来了。楼上的空间是低矮的，更加黑暗，地板上放着乱七八糟的东西，这让我出乎意料。抬头就可以从破洞的屋顶上看见点点天空，脚一踩上去，就有吱吱呀呀的声音和咚咚的空响。我问王玉，这房子不漏雨吗？她说漏，一下雨就要用盆子接，盆子不够，就漏到楼下去了，地就湿了。王玉蹲下身去，在一个幽暗角落里找到一个接雨水的盆子，盆子里还有半盆浑浊的水。我仔细一看，在不同的地方，还放着几个盆或碗之类的东西，显然是接雨水用的。我从楼上下来，一群小孩子围着我继续叽叽喳喳，问我她家破不破，我说破。王玉不好意思地笑了，双手拧着她黄色的 T 恤，显得有点难过。我后悔刚才不该这样说。

从王玉家出来，她家门旁的绳子上晒着一排衣服，一件破旧的苗衣混在一堆衣服里，我一眼就看出来了。王玉说，那是她妈妈的衣服，其他是他爸爸的。我们沿着屋脚下的石板走，看到木板墙上写着一行粉笔字："爱情，你到山坡上去住。"我被这一行歪歪扭扭的粉笔字吸引住了，这分明是一位女孩子寂寞的心迹，王玉见我对这行字感兴趣，就说这是她姑姑写的，我想起照片上的那位姑娘，爱情不问贫穷与富贵，一样在一个青春的身体里充满勃勃生机。

告别了王玉，一帮孩子也不跟着我们了。我问小谢，王玉家在村里算不算穷，他说，是穷的，但还有比她家更穷的。

三

走在路上，在另一排木房子前忙碌的男子向小谢打招呼，小谢说这是他的叔叔，去他家坐坐吧。

小谢的叔叔正在用锯子锯一块木板，他见我们来，停下手中的活，站起来。他清瘦的身子，蓝色的褂子敞开着，露出里面黝黑的胸肌。他把我们让进屋内。他的屋子干净多了，也没有异味，正屋的台子上放着一台电视机，迎面有一排柜子。屋前是一片宽阔的场地，对面正起一座二层的楼房，刚竣工的样子，红砖还裸露着，门窗还没有安，洞开着。我问小谢的叔叔，这是你家的房子吗？他说是的，是给儿子盖的。儿子不愿住老房子，这幢新房子已花了5万元了。我说你家的主要收入从哪来？他说是种地，还开了一个代销店。我问你儿子打工吗？他说，不出去打工。

小谢叔叔带我去看他的代销店，房子里有一排货架，上面放着一些儿童食品，有些袋子装的东西就拆开了卖。地上还堆着一些大的东西，如酒坛子、化肥、猪饲料等，一个大窗口下面，放着一张床，上面零乱地放着一些小东西。我说，生意不错吧。他笑笑说只是赚点零用钱，赚不多。

旁边有一个门，我推开，里面是一位青年女子的背影，我又关上了门。小谢叔叔说，这是他的儿媳妇，在绣衣服片子，他们苗家有一个风俗，每个姑娘出嫁时，都绣几身苗族的衣服。

虽然这是短暂的一瞥，但年轻女子的身影却印在了我的脑子里。四面都是黑色的木板墙，那些黑并不是物体污染后黏手的黑，而是一种干净的，与悠久的岁月浸透在一起的黑。这种黑已无法剥离开了，你即使沿着木板的表面一层层刨下去，直到把一块厚厚的木板刨成薄薄的一片，也寻找不到一块亮度。窗外一片白色的光线射进来，在屋子里蔓延开来，在黑的房子里，充满了安详，女子的面孔是白皙的，沉静的，一只手正从黑布片里抽出一根长长的线来，黑布片上已经绣出了几朵艳丽的花朵，还有几片残缺的叶片，正在绣着。这一针一线，有她对爱情的向往，对新生活的憧憬。

我坐下来，小谢叔叔问我喝酒不喝酒。这是他自己酿的酒，苗族给客人敬酒是很贵重的礼节。我不能喝酒，但人家说了，不能拂逆意思，我过去也听说过少数民族这种礼仪，便说，好好，但少倒点。小谢叔叔去倒来两碗酒，淡淡的黄色，我端起来喝了一口，辣中还有一股其他的味道，桌子上放着几粒生花生，我拿来吃了。酒是喝不下去了，我向小谢解释，小谢说，不要紧的，就放那儿吧。

从小谢叔叔家出来，渐渐地，我发现小谢可能把我当记者了，甚至还有嫌疑让我来多宣传他自己家人的意思。我向他解释，我不是记者，我是作家。小谢说过去带过记者，记者一来就到处照相，而我又不是记者，又没有相机，似乎对我没劲。

我们在村子里走，看到一座老房子，四面墙上的木板大多都没有了，只剩下稀稀拉拉的几块，几根柱子孤单地支撑着房顶。四面通透，站在路上，通过巨大的空隙，可以清楚地看到屋内的一切，家什凌乱破旧。有一间房子还挂着几件女孩子鲜艳的衣服，隔墙的板上还挂着一个镜框，我走进看时，只见一张彩色照片上，一位女孩子披着长发，穿着一件苗衣，一双眼睛黑黝黝地看着远方。可能是刚参加完一场文化活动，她的身后是一片杂乱的人影。我说，这家人怎么不修房子？小谢说，可能没钱。过去人家修房子都是用木板的，现在山上没有树木了，买也买不起，只有用砖头，但砖头贵，还是买不起，只好空着。我说这个女孩子的房子，也这样无遮无拦的，怎么睡觉哩。小谢说，那也没办法了。

天空的云彩越来越厚了，翻滚着，从山顶的那边席卷过来，山坡上的绿色在浓厚的云下，似乎在葱郁中更增加了沉寂，天要下雨了。

小谢又带我去另外一家。这是一位退休老师，姓王，他花白的头发浅浅的，坐在门口的竹椅上，老王家的门上，还贴着一副"唯有读书高"的对联。他的老伴穿着苗衣在一旁干农活，门口的水泥地上，一位女孩穿着绿色的无袖 T 恤正在一个大木盆里洗衣服，水流了一地。

我们坐下来，老王毕竟是文化人，他听说我是一位作家，很高兴。老王从小失去了父母，跟着叔叔长大，后来上了贵阳师范，是这一带的苗家第一位大学生。毕业后，他到一所小学工作，可能是校长之类，他说搞行政管理的，没教过书。

谈起苗家文化，老王便滔滔不绝了，他说苗家和外面相比还是落后的，光寨就是全县的贫困乡，落后的总要去追赶先进的，人们就要出去打工，这样又把外面的东西带进来，特别是年轻人，受影响最大，这样慢慢就被同化了。我说，你看得惯吗。他说早习惯了，他用手指了一下在地上洗衣服的女孩说，她是我的女儿，你看她哪还像一位苗家女孩子吗，不像了。

洗衣服的女孩叫王艳，她停了一下来，搭讪说，我们出去都不说苗家话了，说普通话，穿衣服也都是买的，方便。王艳是他的小女儿，现在在贵阳上大学，苗家上大学的女孩子不多，她是佼佼者了。

老王起身说，我给你找本书看，他起身去了一间小房子，找了很久，找来一本像杂志一样的书给我。我一看，这是一本关于苗家的文史资料，县里印刷的，年代久了，印工粗糙，前后已翻烂了。我看看确实可以完整地概略当地的苗族文化，有大事记、传说、风俗等，其中也有不少错别字。

老王说，我们开阳苗家最具代表性的文化是斗牛节和杀鱼节，但你来得不是时候，看不到的。谈到苗家最美丽的衣服，老王说，我们苗家有一个传说，当初，我们苗家从内地往外迁徙时，历经了千辛万苦，有位叫兰娟的女首领，为了记住迁徙的路途，想出了用彩线记事的办法，过黄河绣条黄线，过长江绣条蓝线，翻山越岭也绣个符号标记，待最后抵达可以落脚的聚居地时，从衣领到裤脚已全部绣满，从此，苗家姑娘出嫁都要穿上一身亲手绣制的盛装，为的是缅怀离去的故土，纪念英勇聪慧的前辈。苗家姑娘们一般在出嫁前都要绣几套苗衣作为嫁妆，她们多数从学绣花时绣起，一直绣到出嫁。最后老王说，这个村子里有不少苗族有代表性的文物哩。

老王的话引起了我的兴趣，从老王家出来，我们便去看老王说的文物。走到一座仓库一样的木房子前，小谢指给我看，房子是用四根粗大的柱子支起来的，在离地一米多的地方，建一个仓，盛放粮食，很有汉代的风格，既防潮，又防鼠，据说这是一个苗家木匠发明的，这座房子有几百年的历史了。还有一个水井，水是从山岩里流出来的泉水，是用青石板挡着，成为一个凼，只留一个小口供人舀水，说明苗人很早就注意保护水源的卫生了。

四

寨子基本走完了，我还想到别的地方走走，就与小谢商量，他没有作声。

我们朝村外走，两旁是高耸的大山，上面有人在开石，一条宽宽的砂石路在山脚下通向外面，路的两旁是无边无际的绿油油的玉米地。走在路上，心情很爽的，遇到两位干农活的小姑娘从路旁的玉米地里走出来，我与她们打招呼，她们还不习惯与陌生人打招呼，只是笑着，很羞涩的样子，走了好远，我回头看时，她俩还站在那里笑。青春的身子与身旁的玉米秧子一样充满着汁液和生机。一个女孩子轻轻地唱了起来，声音在空寂的风中传来，我听不懂，问小谢，小谢说，这是苗家的山歌，意思是让你留下来。我们都笑了。

很快就走到村支部的光中村了，小谢要去村支部找他的父亲。小谢说，对面盖的新楼就是村支部的，那是一座砖混结构，已经竣工，墙面从下到上贴着白色的瓷砖。

小谢的父亲看来像一个精明的人，坐在幽暗的窗口下，在写着什么。我坐了一会儿，坐不住了，出去转转，我走到寨子东头，这儿是一片田野，也种着玉米，我找一块石头坐下来，觉得很舒服。

一位女孩子，大概给她的男友打电话，拿着手机说着走过来了，一脸的甜蜜。一位老妇穿着苗衣，领着小孩子走过来，她是带小孙子回家的，她家就住在不远处的一个寨子里。一对小两口干完活，扛着锄头从地里走出来，女的穿着苗衣，两人一路走一路说笑着。

天色渐渐暗下来了。

小谢的父亲留我在小饭店里吃饭，烧了几个菜，我吃不惯，简单吃了点东西。吃完后，小谢要带我去他家住，我不想去，不远处有一家旅店，我想去开一间房子住。小谢说，你去我家住，我们那儿也有一个寨子，也算采访了。

我想想也好，去一个苗家住，体验一下生活也一举两得。

我们在玉米地的路上走，渐渐地，路从玉米地往山坡上去了，天已完全黑了下来，进入一个小山村，不断有熟人与小谢打招呼，小谢说，他们的寨子到了，叫小光巴，我们下午去的叫大光巴。

小谢的母亲，一位典型的苗家妇女，见小谢回来了喜笑颜开，大概他们好久没见面了，不停地用方言说着问候的话。

晚上，我就和小谢住一间房子，小小的房子由于长时间不透风，有一股浓浓的霉味，我累了，他们还在说话，我便先睡下了。

第二天一早，天下起了雨，滴滴答答的雨滴在屋前屋后响着，我的心里顿时感到一阵失望。

起床后，小谢的妈妈，在灶前做饭，她的肤色黝黑，身体清瘦，要不是宽大的苗衣罩着，身体一定会更加单薄。

早饭吃的是面条，吃过后，我和小谢打着雨伞上路了，我与小谢的母亲告别，他母亲说着什么，我也听不懂。

走在山腰的机耕路上，山上的路都是砂石铺成的，并不泥泞，对面的山腰和山脚的小路上，也有三三两两的打着雨伞的少男少女在行走。雨打在伞上，啪啪地响，田地里的玉米更青翠了，沟旁的小草也青翠欲滴。

在镇上和小谢道了别，我乘车子回县城。

车子在山中行驶，山上的云雾白茫茫的，树梢上、草叶上都挂着晶莹的水滴，山腰上的寨子经过雨水洗涤后，似乎有了明亮。到了山脚下朝上一望，那些苗寨看不见了，它们都处在云里，都在我们常常要仰望的距离上。我忽然想起了在王玉家木板墙上的那句话："爱情，你到山坡上去住。"

在海边

一大早就醒来了，看了一下手机，是早晨5点多。

窗外传来巨大的波涛声，我知道这是大海的声音，虽然来青岛一天了，住在这海边的房子里，但我还没有真正走近大海。见到大海一直是我这个内陆的人渴望的。我迅速起了床，洗漱完毕，出门，屋外已是一片大亮，我迫不及待地冲到海边，我看到一望无际的大海了，那海水翻着波浪一阵一阵地涌到岸边，在礁石上打起白色的浪花，那无边的蓝啊就这样前赴后继地涌来，使人的心底不敢有一丝肮脏，就像海不能让礁石上有一点灰尘，那种有力的冲洗，是多么地激动人心，那种庞大的力量会使人觉得渺小不堪。

太阳升高了，红彤彤的，又大又圆地挂在海面上，太阳的光芒使得海水都有点刺目了。太阳的顶上，是一片浓厚的云彩，海岸边有一片渔民的住房。海边已有了三三两两的人，有的在锻炼，有的可能也是如我来看海的。

眼前的礁石，黑色的，一坨坨的像窑场里烧坏了的古陶，散乱地扔在海边，那样浑恶冥顽。我在一块一块礁石上跳着行走，海水就在礁石之间的缝隙中涌动，这时我看中了远处一块稍大的礁石，这块礁石的四周都是涌动的海水，我想到达那里，那样我就有了到达海里的感受了。我这样妄想着，不顾海水的汹涌，脱了皮鞋和袜子把裤子挽起来，然后慢慢下到水中。初秋的海水已有了些许冰凉，但我还是被这种陌生的感觉激灵了一下，我有点兴奋，海水马上打了上来，似乎要沿着我的腿爬上来，然而它终于没有，它舐湿了我的裤子后，又退下去了。

沙子和卵石硌着我的脚，我还是走了过去，我站到了海水中那块凸出的礁石上了，礁石似乎有了牙，咬着我的肉，我费了好大的劲才站稳。四面的海水涌来，然后又在四面开出大片大片白色的花朵，涛声阵阵如雄壮的交响曲，海风吹在脸上，有着雄风的气势。我朝着大海噢噢地喊着，我的声音又被迅速淹没了。我感到意气风发，遥望着大海的深处。海平面在远处微微地隆起，有几只船在上面如树叶般漂着。我在这块礁石上站了好久，等我再转回身边时，我惊奇地看到身后的那片海水已经没了，现在已成了一片陆地，我感到被海水愚弄了一样，哪还有先前的气概，同时瞬间又有一种沧海桑田的感觉。

通过这片新的陆地，我从礁石上退回来，这时身后的人更多了，大多是少男少女。原来这是海水退潮了，赶海的渔民趁着最后一片海水还没退去之前，驾着船匆匆往家赶，海边响起了隆隆的柴油机声音。

我在海滩上寻寻觅觅，想找些海里的东西。这时走来一位女孩，她手里拿着一个白色的塑料袋子，也在低头寻寻觅觅。我就好奇地问她，你在捡什么呢？她说，我在找小螃蟹。我让她给我看看，她张开塑料袋子，我看到袋底有一层黑黑的小东西在爬。我说，我也帮你抓小螃蟹吧。她没有拒绝，我们一起开始抓螃蟹。海水退下去后，留下了一汪一汪的小水洼，那些小螃蟹就在清澈的水里慢慢地爬行，它以为这就是一个天堂了，就是一片大海了。我抓的很少，那女孩抓的很多，她说，小螃蟹好躲在石头的下面，我看她掀开一块石头，底下的小螃蟹到处乱跑起来，我也学她的样子果然抓了不少，我说这小螃蟹长不大吗？她说，长不大，最多只能长到指甲盖这么大。我说这么小的小螃蟹抓回去怎么吃呢？她说，用面和了，用油炸了吃。我说那好吃吗？她说好吃的。我说你家就住在这里吧，她蹲着，用手指了指不远处说，她家就住在那边。我顺着她手指的方向望去，在海的岸边有一片房子，那都是些平顶的平房，只有几户的房子是二层楼，海面上有几个机动渔船正隆隆地向村头开来，阳光照在海面上，那些散落的房子正沐浴着金色的朝阳。我说，那你家是渔民了。她说是的。

　　我和她头挤着头在清清的水洼里抓着，我闻见了她如兰的气息，我抬起头来，看到她的脸上有几颗青春痘子，她的头发绾在脑后，穿着一身白色的长裙子。我忐忑地问，你叫什么名字？她的脸一红，望着我说，我不认识你，我不能告诉你。我没有了声音。她忽然用手指着水洼里一团黑乎乎的东西说，这是海葵。我认真地瞅了一下，感到像垃圾，用手一碰，那东西真的缩进了沙里。我感到好奇，想用手把它挖上来，可我挖得越深它缩得越深。就像我心里瞬间的那缕情绪，经不得捉住。女孩也过来帮我挖，有一会，我们的指头就绞到一起了。直到挖到了岩石，才把它挖出来，但那已是收缩得很小的一团，什么也不是了，更不像具备了生命的东西。我们两个人站立着，我把海葵捧在手里问她，它还能活吗？她瞅瞅后，睁着一双大眼睛说，它活不了了。我感到很可惜，它是一个羞怯的小生命，但却没有躲过我们。我把它扔到一洼水中，希望我们离开后，它能活过来。

　　认识了海葵之后，我一下子发现每个水坑里都有海葵了，她见我兴奋的样子，自己也很高兴，过了一会儿她说，我要回去了，到上班时间了。我说我也要回去吃早饭了。她直起腰来，打开塑料袋迎着阳光看，底下已铺满了厚厚一层的小螃蟹。她说，大哥哥，小螃蟹给你吧。我说我不要，我是在这儿开会的，要也没用的。我们分了手，看着她穿着长裙子的身影走向另一边了。这一刻，我想起了安徒生童话里美人鱼的传说，但我不是王子。

　　回到房间，我站在窗户下，看着刚才去过的海滩，感到意犹未尽，海水还在一阵阵涌动，但我的心情已不一样了。

海边的自己

　　早晨，打开窗户，透过硕大的玻璃窗，蓦然看到不远处，是一片蔚蓝色的海面。"啊，大海！"我轻轻地唤了一声。我向往的大海，就如此近地出现，就像我爱的人，突然出现在我的眼前，让我欣喜，让我惊讶。我凝视着，从我站的楼上望去，远处的海平面已高过近处的楼顶和马路上的灯杆，海平面上的那根线条，仿佛是用尺子画下的，笔直的，伸展到视线之外。

　　天空是晴朗的，马路整洁宽敞，三三两两的游客，背着包朝海边走去，一位老人拄着拐杖，也踽踽地朝大海走着，他略驼的背影，让我感到是被一股力量吸引着。

　　吃过早饭，我迫不及待地奔向大海。

　　海的气息，老远就传过来了，湿润，清新，没有一丝杂质。朝海边走得越近，这种感觉越强烈。我在海边坐下来，蔚蓝的海水，在眼前展开，在远处与天空相接处，海水像宽大的布匹，在微风中轻轻抖动着，涌到岸边，打起一条长长的白色水花，又返身而去，发出不绝于耳的哗哗声。一只小小的帆船，虽然像一只鞋子，但却高过了所有的海水。海，因为容量的巨大，而变得无比谦逊，它不想高过每棵小草，每一只帆船。

　　我久久地坐着，静静地倾听这海水的冲涮声，想从这无边的蔚蓝色里，找到一场荫蔽。

此刻，海水是恬静的，舒展的，海浪一层层地涌过来。我凝视着这海面，想起什么，但又迅速消逝了。看得久了，这蓝似乎涌进了我的眼睛，我的胸膛，把我的身体一遍遍淘洗，我使劲眨了一下眼睛，大海仍是大海，而我只不过是一个过客。

一个人走在海边，身后是平展的、广阔的、干净的海面，你会感到这个人具有了哲学的意味，面对大海，他的身影不是孤寂，不是渺小，而是一种坚韧和寻觅，海风吹起了他的头发，露出他面部的沧桑。

我坐不住了，我脱下鞋子走过一片沙滩，下到了海水里，海水凉凉的，在我的腿上拂过，我与大海如此亲近。一只水母随海浪漂过来了，它像一个打着伞在太阳下行走的小姑娘，身姿轻盈。几只海鸥在不远处扇动着翅膀，一会落在水面上，一会又奋力地飞起。

晚上，我又一次来到海边，海水已经涨潮了。海水是一个爬行动物，它爬上来，又退回去，如此循环往复。经过一天的坚持不懈，海水终于爬上来了，不，是整个大海爬上来了。夜色里，可以隐约看到海水拍打海滩时的那一条白色的浪花线，可以听到海浪涌来的声音，还是那么壮观，那么富有节奏。我伫立着，我和大海都被黑暗笼罩着，孤独，沉重，但我们都相互勉励着，跨过黑暗就是新的一天。

回到宾馆，打开门，我就有些兴奋了。这是一间套房，进门是宽大的客厅，中间有一圈沙发，黄色的地毯上面印着花的图案，三面是拉着的窗帘，里面是卧室，整洁美观。我住在这里，是如此轻松舒适，自由独立，我需要这样的一个空间，把我的身子放下来，把我的思想掏出来。我从遥远的内地，来到这里，这是一个寻觅的过程，也是一个安放的过程。

我坐在沙发上，然后躺下去，旁边就是遥控器，但我不想打开电视，我喜欢这样的安静。我把包里的书一本本掏出来，在温柔的灯光下，看了起来，一直看到深夜。我起身拉开窗帘，想看看大海，虽然眼前一片黑暗，但我知道大海就在不远处陪伴着我。

第二天凌晨 4 点多我就醒来了，我的第一个愿望，是去看太阳从大海上升起来。

出门，白天刚刚醒来，东边的天空上，还是一片乳白。来到大海边，一艘艘出海的渔船，轰隆隆地驶向海的深处。又听到大海那哗哗的声音了，这熟悉的声音，高亢有力，像一个永不疲倦的诗人，在高声地朗诵着、歌唱着。

东边的天空有了一片乳红的颜色，那块云也被照红了，太阳底下的那片海面被染得通红。我迎着朝阳，在沙滩上奔跑着，我的前面是刚刚升起的太阳，我的身边是无边的海浪，我在这无垠的天际间奔跑着，仿佛回到了远古，我和大海挣脱了一切束缚，自由而快乐。

升起来的太阳，在天空上硕大圆满，那光并不刺目，海面上一片迷蒙，和天空混沌在一起。我停下来，回过头来，身后是我走过的一串长长的脚印，阳光为我在沙滩上投下一条长长的身影，显得巨大无比，这让我感到新奇，这是我从来没有发现过的。我想起读过的一篇文章，影子就是我们的灵魂，在茫茫人海里，我们隔着千万里，丝毫不相识，然而这一刹那，我们相聚了。

这新的一天，便如此地到来了，大海赐予了我崭新的自己。

在大海里游泳

　　来北戴河两天了，一直惦记着要去海里游泳。今天下午，我和妻子带上泳衣，从中国作协北戴河创作基地出门，车子驶出不远，一拐弯就看到路的尽头是一片蔚蓝色的海洋，让眼睛顿感一亮。

　　下车，远远望去，海边是大大的一片遮阳伞，穿着泳衣的男男女女，在广阔的沙滩上来来往往，这种情景只在画报上看过。

　　走进去，准备租个箱子放东西，一问，一个小小的箱子要50元费用，有点心疼，妻子说不要租了，东西就放海边。我想把东西放在海滩上，心里总是牵挂着，玩不好，还是咬咬牙租了一个。

　　海水里到处都是人，男男女女穿着泳衣，在海水里漂浮，五彩缤纷，海市蜃楼一般。一阵海浪打来，有的人慌忙地后退，有的人迎上前去，海边发出一片欢呼声。

　　我拉着妻子的手，一步步往海水的深处走去，热的身体与凉的海水一接触，还是有点不适应。海水的底下，是细细的沙子，脚走在上面很舒服，海水淹过臀部了。妻子不愿意走了，我鼓励她再往前走几步，然后把身子浸到海水里，适应一下。

　　这时，海浪从远处涌过来了，我兴奋地迎上前去，海水扑面而来，巨大的力量打得我一阵踉跄，我张着的口进了海水，腥咸的，妻子慌张地往后跑去。海水瞬间涨高，涌到了脖子，人站立不住了，向后漂浮，但海浪过后，海水一下子浅了下来，只到了腿部，人又"脚踏实地"了。

这样迎战了几次海浪，我们就有了经验。我让妻子在浅处玩，自己游到了海的深处，这里人已少了，我浮在海面上，随着涌过来的海浪，身子像一片水草一起一伏，海浪涌过时，能感到一股力量瞬间从身下经过。海浪到了海边，便掀起一脉长长的白色的巨浪，"哗"地扑了过去，本来秩序井然的人群，一下子被打得七零八落，像一片片树叶混乱地漂在水面上。

过了一会儿，我游回来。妻子见到我，紧拉着我的手，说刚才被海浪打倒了，她一把抓住旁边一位有泳圈的小女孩的手，小女孩拉了几次才把她拉起来。妻子吓坏了，不想玩了，要上岸去。我赶紧拉着她的手，我们两双手紧握着，她才平静下来，我们就这样一次次迎着海浪站立着。妻子渐渐也恢复过来，感到好玩了，然后，让我去游泳。

我重新游到海的深处，前面已没有人了，看到不远处有一个红色的标杆，我游了过去，这个塑料的标杆大概深埋在海床上，很牢固，我紧紧地握着不用费力了。

我把眼睛贴着海面遥望着，遐想着，这就是我渴望中的大海吗？此刻我在它的怀抱里。海水是一匹抖动的绸缎，在风中起伏着，荡漾着细碎的波纹。不一会儿，平静的海面悄无声息地升起一股海浪，从远处涌过来了，先是低低的，到了眼前，迎面的海水像一座小山坡，这是一面高高的青色的山坡，瞬间，波峰到了我的身下，我像骑在一匹桀骜不驯的野牛脊背上，野牛一阵抖动，我掉落下来，接着滚到了低低的山谷，海浪如此循环往复着。我喜欢这波涛，我认真地看它的生成，看它的姿态，我用身体与它沟通，学会在生活中如何面对波涛。

有几个人看我游在海水深处，也大着胆子游了过来，然后又游走了，看他们的头颅在海面上，是几个小小的黑点，慢慢消失在我的面前。

一轮明月已升起了，挂在蔚蓝色的天空。我这样在海水里坚持了大约有四十分钟，觉得被海浪一阵阵摇晃得有点头晕了，决定游回去。

游到浅处，找到妻子，我们疲惫地上岸。换好衣服，天色完全黑下来了，街道上已是华灯齐放。

过去多次到过海，但都是在船上、在岸边，今天是我第一次亲密地接触海了。晚上躺在床上眼前还是海水的涌动，还有岸边五彩缤纷的人群，这里是自由、热闹和快乐的天堂。

邮寄员老吴

　　初中毕业那年，我辍学在家，但文学已在我的心中萌芽。那年夏天，我写了一篇稿子，想投到省城去，但为一张八分钱的邮票发起愁来。我的口袋里只有一分钱，还差七分钱。中午吃饭时，我们一家七口人都端着碗分散在屋内吃饭，父亲坐在一张黑色的、开着大裂缝的桌子上，我坐在门槛上，母亲坐在凳子上。我把邮票的事跟母亲说了，母亲半天从她薄的衬衫口袋里，摸出一枚五分硬币递给我，母亲说，身上只有这五分钱了。母亲在家里是当家的，母亲摸出这枚硬币，也就是家里最大的财产了，也是唯一的一枚了，我接过来看了看，硬币的铅面上已磨去光泽，凹处还有泥巴，但它是那样硕大温暖。还差两分钱，怎么办？过了一会儿，小妹说，我这儿还有两分钱，小妹扎着两根小辫子，瘦小的身体使身上的衣服显得十分肥大，她端着碗走到我的面前，说，哥，给。那枚二分硬币躺在她的掌心里，黑黑的，我不知道她从哪里得到的这二分钱。我接过来，和母亲的五分硬币一起装进口袋里。

　　第二天，我走了五里路，到了街上，买了一张邮票贴上。我在邮票上抹了许多糨糊，贴到信封上，为了防止粘不牢，我又用力按了按。然后，塞到挂在墙上的绿色邮箱里。当然，这篇稿子肯定如泥牛入海了。

这样，一来二去，我和集镇上的邮寄员熟悉起来。

邮寄员姓吴，说是邮政局，其实就他一个人。他住在乡政府的大院子里，窄小的木门，黑色的，窄小的窗户上用铁丝扭着一个个菱形的网，相当于今天的防盗窗了。他的屋子里，放着一张床，常年挂着一顶粗布蚊帐，旁边是一排方格的架子，区里的邮寄员把报纸信件送过来，他就一个个分到每个格里去。他的妻子在乡下，一位个头矮小、长相清秀的女子，经常到他这里来住下。

我每次去，都是站在砖砌的柜台前面，朝里面看那排柜子，柜子里的那些杂志我是第一次看到，它们崭新的，封面平直光亮，像磁铁一样吸引了我，让我移不动脚步。我想天下最幸福的工作，就是做邮寄员了，每天新来的书，想看哪个就看哪个。

为了能得到他的杂志看，我开始红着脸喊他吴叔。我们乡下叫舌头打个滚，叫人不拆本。这样我们的关系便近了一步，有一天，他终于让我走到柜台后面，翻他柜子里的杂志了，我小心翼翼地翻看着，生怕不小心弄出一条细小的折纹来。老吴认真，怕我把他的杂志弄脏了，弄折了，人家不愿意。那年头，乡下订阅杂志的人，大都是老师和乡政府里的干部，老吴得罪不起。每次从老吴那儿回来，走在乡间的田野上，我的心里都是勃勃的涌动，为了翻那些杂志，为那些杂志带给我的陌生的世界。

慢慢的，我有文章发表了，老吴是个爱才的人，他把我的文章拿在手上看半天，和我一样激动。不久，上面给老吴新添了一个小伙子朝乡下送信，按照规定，小伙子每到一处，都要让当地的村干部签个字，算是完成了任务，但老吴打破常规，小伙子送信到我这边的乡下，要以我签字为准，而我只是一个辍学在家的青年，这在当时还是第一个，引起不小的轰动。

那小伙子结结实实的，每天骑着一辆绿色的自行车，在乡间的土路上来回奔波，到达我家时，已疲惫不堪，我给他倒了水喝，让他休息。他从绿色的挎包里给我拿出几封信或我想看的杂志，我迅速地翻看着，我知道这是老吴的用意。过了一会儿，小伙子休息好了，骑上车子趁着暮色赶回去。

我和老吴这样维持了约大半年的时间，后来，我考到外地上学去了，开始了忙碌的学习，大概有几年没到集镇上去了。有一次回家，忽然听到老吴去世了，吃了一惊，他可能还不到六十岁吧。现在想来，这个普通的乡邮寄员，在那个偏僻的地方，给了我多么重要的帮助。

李德昭老师

　　我读的小学，是在大队部所在的村子边上，学校没有围墙，两排草顶土墙的房子，办公室的墙上，挂着一只红色的圆形的大钟，像脸盆一样大，走到门口，就能听到时钟走动时的嘀嗒声。学校的外面就是农田，春天里是茂盛的庄稼，冬天里落满了白雪。

　　那时，学校里有许多老师，但民师只有两位，其中一位就是李老师。李老师是小学四年级时带我们课的，使我不理解的是，夏天了，他还戴着一顶灰色的网孔的解放帽。在我少年的记忆里，只有到了冬天，农民才开始戴帽子。李老师的帽子给我留下了巨大的神秘感，不久，就听说他是秃顶。这让我惊诧了一下，总爱想象他帽子取下后该是一副什么样子，孩子时的好奇是多么地无知，但记忆又是如此的深刻。

　　现在想来，在我的读书生涯中，没见过一个老师像李老师这样对工作负责的，我至今脑子里还能清楚地浮现出，清晨，我们在教室里大声地朗读课文，他一边端着碗喝着稀饭，一边在我们的身边走来走去，他走过我们的身边时，能清楚地听到他喝稀饭的吸溜声。如果我们哪里读错了，他便停下来，给我们指正。那时他年轻，仿佛每一分钟都把激情用在学生的身上，仿佛这琅琅的读书声，就是他最好的菜肴。

李老师给我的影响也是巨大的，那时我还不知道偏科，只是喜欢看课外书，因此我每次写的作文，李老师都拿到班上宣读，给同学们讲解我的作文好在什么地方。我至今还记得，我在一篇写农民劳动的作文中，有这样一句话，农民伯伯像魔术师一样，从地里犁出一颗颗山芋来。李老师很欣赏，把我这篇作文在课堂上大加表扬了一番。以后，我就更加喜欢上了作文。后来，不管在哪里读书，作文始终是我在班里立足的品牌，直到今天从事了编辑工作，成了一个作家，也来源于此。

小学读完了，我们的村部小学被上面设了"戴帽子"中学，就是在我们村小学的基础上，加办初中部，老师还是原来的，这样，李老师也跟着我们班级到了初中，他除了带我们语文课外，又带了生物、物理等。那时学校的条件差，教室不够用，就在村子借了一户农家做我们初一的教室，杂七杂八的桌子板凳，和农家的锅灶、床铺、农具等拥挤在一起，小黑板就挂在墙上。有时，我们正在专心上课，主人从地里回来了，不免被打扰了下来。这年，李老师让我做了小组长，我主要是收发十几个同学的作业本子，但给我的学习带来了很大的促进。后来，学校又盖了三间新房子，我们才搬了回去。冬天，泥做的桌子坚硬冰冷，胳膊不敢往上放，李老师不知从哪里取到的经，发动我们从家里带来不要的书本，拖到加工厂，用机器打成粉，做成纸浆，在泥桌子上糊了厚厚的一层，一个星期后，纸浆干了，纸浆做的桌面果然暖和多了。

李老师怀揣着一颗爱心，对工作如此负责，但我们年少时并没有觉悟到这些，反而因为他的严格往往得罪了我们，使我们对他产生了许多抱怨，我们当面喊他李老师，背后却喊他李秃子。现在想来，不免觉得十分愧疚。记得有一年的冬天早晨，我和同学杜兴华、杜昌仁迟到了，我们还没到学校，远远地就听到班里传来琅琅的读书声，杜昌仁让我和杜兴华先进去，他尾随在后，这样，如果李老师在教室里，我们就会被驱赶出来罚站，而他在暗处就可避过一劫。我和杜兴华硬着头皮冲进班里，碰巧李老师不在，我们慌张地坐下来掏书，这时杜昌仁背着书包从后面跑了过来，刚好李老师端着碗从厨房里出来，一下子就把他喊住了，使他罚了站。

不久，有一天放学了，李老师把我们几个人留了下来，大声地训斥，眼睛里像火一样燃烧，我们很害怕。原来，有人在上学的路上，用棍子在耘得平整的水田里写了"李秃子"几个字，写时水是混的，走后水清了，正好李老师从乡里开会回来，路过这里看到了。这事可能很伤了李老师的心，但至今不知道是谁干的。

我们村的"戴帽子"中学，只办到初二就停了，我们也与李老师分开了。我们开始分流到各地上学，大部分同学去了乡里中学，也有的同学辍学了，我去了县城的中学读书。那时，李老师最担心的是，我们这些"戴帽子"中学教出来的学生，能否跟上那些正规中学的学生，但却恰恰相反，因为有了李老师的认真负责，我们的学习一点也不落后。我在县城中学读书时，作文仍然是范文，语文成绩仍然名列前茅。

我们自从与李老师分开后，就再没有见过面了。后来，听说他调到了别的学校教书，许多年后，也民师转正了。现在，我们读书的小学不知什么原因被撤了，那些教室早无影无踪，旧址上盖起了几幢农家小楼，往事如烟，但李老师带我们读书的情景却始终记忆犹新。

那个瞬间的吸引

张炜老师要来合肥参加第二届迎驾笔会，安排我去接站。

初夏，天刚下过小雨，空气是清冽的，柏油马路显得光亮整洁，我们早早地就来到火车站出站口等候了。

高铁终于进站，我举着牌子，出站的人流像鱼群一样从身边涌出，剩下的人渐渐稀少起来，终于，看到一个拉着拉杆箱的人，朝我挥了挥手，他就是张炜老师了，我欣喜地迎上前去，接过他的行李，乘车去宾馆。

车子沿着一环走，一会在高架上，一会在下穿，路的两旁高楼林立。张炜禁不住地说，许多年前，他来过一次合肥，那时觉得合肥只是一个小县城的模样，现在合肥变大了，变漂亮了，有了大都市的气质。

到宾馆吃完饭，已是夜里9点，我去车上把包拿来，包里装着我平时买下的张炜老师的书，我要去找他给我签名。

敲开他的房门，张炜老师很客气地把我让进房间，寒暄了一会，他坐下来，给我签名。他说，你叫什么名字，我给你写名字。一般名人的签名，就是写上自己的三个字，而他却主动要写我的名字，让我感到亲切。看着他在书上写，我说，我还有你的其他书，但没带来，就只带这几本。他说，你都带来，找都给你签的。

签完名，我们坐下来，聊了一会天，又说到了文学上来。张炜老师说话舒缓儒雅，不急不慢，声音里饱含着被文字浸润后的宽阔情怀。夜晚宁静的灯光照着我们，使得这场谈话亲切而畅快。我的手边就是他为我签名的《你在高原》，我们就从这本书说起。

张炜老师是一位充满理想主义和浪漫情怀的作家。他的文字深沉、细腻，立足于理想中的乡土与传统的道德立场，充满着人文关怀与哲思。其20世纪80年代前期所创作的乡土小说《古船》是一部具有史诗性质的长篇力作，一经发表便轰动文坛，成为当代文学创作潮流里长篇小说中的佼佼者。

2011年，张炜老师凭借耗时20余年所创作的七百万余字长篇小说《你在高原》荣获第八届茅盾文学奖。他说，他在写《古船》和《九月寓言》时走了许多地方，主要是山东半岛地区。这个半岛上，有无数的葡萄园，有海风吹过来的大团大团低低的云，有高耸的群山，还有无数传奇的故事和人物，张炜老师从小就生活在这片土地，这片土地又一次唤醒了他灵魂深处的感觉，张炜老师觉得有无数需要表达的东西，这种东西是前面写过的作品所没有的，他计划要写一部更长的书，但要完成它不是一朝一夕的事，要把心沉下来、再沉下来，这才是更重要的。

《你在高原》出版后，好评如潮，这里的高原既是自然面貌，也是精神的象征，两者融合在一起。就像苏格兰诗人彭斯的诗句："我的心啊，在高原。"心的高原，这是不言而喻的。张炜老师说，人在冗繁曲折的生活中对未知的苍茫有积极的寄托、有神秘的向往，是必需的、自然的，也是一种生命的属性。"心"不在此地，说明了对生活的不满甚至厌恶，这同时包含了再造生活和人生的强烈愿望。这个"高原"既是苍茫大地，也是红尘万丈的城市。这本书正是用"高原"这个概念统一了城市、乡村和原野，是一个人依靠顽强和雄心所能够抵达的现实和精神这两个层面。

张炜老师说，我们常常认为这一代人经历的是一段极为特殊的生命历程，无论是这之前还是这之后，在相当长的一个历史时期内，这些人都将是具有非凡意义的枢纽式人物——不了解这批人，不深入研究他们身与心的生存，也就不会理解这个民族的现在与未来。

我们又谈到万松浦书院，我最初知道书院，是从院刊《背景》上了解到的，后来，又买了张炜老师的散文集《谈简朴的生活》，这本书从万松浦书院的地理开始写起，谈文学、谈生活、谈古代书院与传统文化等，字里透着哲学的光芒。这些文字，让我对书院产生了无限的向往。

张炜老师说，那是公家的一个处级单位，正办得兴味盎然；它的发展取决于公家。不过，文化人的一己之力无论多么微小，都应该贡献出来，书院精神应该是知识人的梦想。

万松浦书院位于山东龙口市，是张炜于 2007 年在龙口挂职时所创办的。该书院坐拥万亩松林，面向滔滔渤海，芦清河从它身边汩汩流过，所以，叫万松浦书院。

张炜老师很钟情这个书院，他在文章中写道："我心中是从未有过的清澈和安定，也是从未有过的多思和想念。许多事情想从头做起，又有许多事情想从头再做一遍。因为我有把握做得比以前更好。这时候没有过多的奢望，却有了更多的劳动的欲望。我和同伴们在读书写作之余一起盘算，想每人学一份手艺：有的学园艺，有的学陶工，有的学装裱，我则学木工。我想做一条很大的三桅帆船模型，还想做一些常用的器具。除此而外，依照原来的约定，我们还要每天到野外做一些工作，如除草、修剪、耙地、种植、侍弄茶园。这种活计每天不得少于 50 分钟。与每天的苦读一样，这一切都是我们书院的功课。"在这里，我想到梭罗的瓦尔登湖，这不正是无数思想者沉思的地方吗？这不正是人类精神的家园吗？

如今，万松浦书院邀集各方专家，相继召开了"现代书院与当代文化""书院立场与边缘声音"研讨会，探讨现代书院在当代应该持守的立场、应有何作为等重要问题。书院遥接古代书院开坛讲学的遗风，反响强烈。

我想对他的读书做个了解。张炜老师说，他是一个喜欢读书的人，现在有了电视和网络，但他仍然选择买纸质的书读，他认为网上阅读永远不能代替纸面阅读，读过一本好书，再让你看电视，你会觉得索然无味。一本好书给你的那种文字的美是无可比拟的，那是一种靠自己的想象力再创造出的一种美。越是好的作品，作者与读者之间那种心与心的交流就越深刻，你从中也越能得到那种心灵的共鸣与震颤。

张炜十分喜欢鲁迅的作品，他说："要问我喜欢和影响我的作家，我一定还得提一下鲁迅，他不是建国后作家，但他一个人抵得上五四以后和建国以后的所有作家，他是常人根本无法企及的天才，那文字的灵动，超拔的才华，巨大的幽默，还有他调动文字的能力，实在是太……他具有一种魔力，不是魅力，是魔力！而且鲁迅很善良，你读他的诗会发现他很软，很柔性，有的人写得太硬，生硬是不好的。"

许多作家在写作时，都有自己的癖好，张炜老师对笔怀有特殊的感情。这个情结来自他童年的时候，有一天，父亲给他买了一支圆珠笔，他每天都要握着睡觉才安心。后来，他爱上了钢笔，一笔一画不仅让他领略到汉字的魅力，也给他营造了一个文学的世界。他说："用笔书写过程缓慢，但其中往往包含着作者细致的思考与琢磨，文字也带着作者生命的体温。"直至今日，张炜仍然用笔写作，形成了他独特的写作习惯。他认为最重要的文稿，包括所有的长篇小说，都用钢笔写；次重要的文稿，用圆珠笔写；不重要一些的文稿，用铅字笔写；而他觉得最不重要的文稿，才会用键盘打字写成。

夜已经深了，告别了张炜，走在宾馆宁静的甬道上，两旁的高大的绿树在射灯下，照出迷幻的色彩，把这个夜晚装饰得美轮美奂，同时，一股激情也在我的心中产生，"就因为那个瞬间的吸引，我出发了。我的希求简明而又模糊：寻找野地。我舍弃所有奔向它，为了融入其间。跋涉、追赶、寻问——野地到底是什么？它在何方？我无法停止寻求……"，这是张炜在散文《融入野地》的结尾，而此刻，我也正是怀着这样的心情，走在这个城市的夜色里。

太匆匆，太匆匆

南南是出差路过这儿，决定要去见一下昔日的女友杨杨的，杨就在这儿的农村中学当教师。

南南坐着的车子出了城，路两旁的树荫越来越浓了，视野也开阔了，田地里到处是成熟了的麦子，虽然不像春天那样充满了生机，但给人的是一种深厚和安详。再往前走，不知什么时候水泥路消失了，车子在充满了大坑小洞的柏油路上颠簸着，绕着弯子前行。迎面过来的小手扶拖拉机也多了，小手扶上往往坐着的都是男男女女的村民，穿着朴素，一身劳碌样子。迎面有了一条大河，河堤下是平坦的河滩，接着是宽阔的河水，河道笔直的，河水在阳光下闪着光芒，河面上有小的机帆船装着货物，吃水很深地来来往往。南南惊异于眼前的河水是如此的青碧，在眼里荡漾着，有了无限的柔情，这在城里是看不到的。

驾驶员说，这河是人工开挖出来的。

南南更加惊异了，现在城里挖一条排水沟都要用挖掘机的，何况要用人来挖这条河。南南不禁喃喃自语，这么长而且宽的河，要多少民工挖啊！

驾驶员说，当年是用了几个地区的人来挖的，一到冬天，这里是人山人海的，他们都是义务工，从家里自带粮食来的。

　　南南说，要是现在挖这一条河那得要多少钱啊。

　　驾驶员说，当年挖这条河时，谁还敢提要钱，挖不好还要用扁担打你，说你是破坏社会主义。

　　车子沿一个坡下到河床上，等着轮渡，轮船还在对岸上人，过了一会，渡船突突地加大马力向这边驶来。渡口已有了不少车子在排队了，也有不少行人在岸上等着，他们三三两两结着伴，说着当地的口音，南南在陌生的口音中听到不少轻柔的味道。

　　渡船终于靠岸了，上面的人和车蜂拥而下，有点像电影里的溃兵，一会儿，船就上满了，又突突地开向对岸。渡船到了河的中心，那些水清澈得有点憨厚，波浪轻轻地抚着船舷，他真想用手捧起一捧水来，但不行，船上是不准人乱走乱动的。南南望着碧波荡漾的河水，已经喜欢上这儿了，他觉得杨杨秀气的模样最适合在这样山青水秀的地方工作生活了，人能增加风景的灵气，风景也能培养人的灵气。

　　渡船到了对岸，车子开了上去，路就是河的堤坝，路面更窄了，尘土飞扬，堤坝下面还住着一些人家，小小的房子，掩在树荫里，透过不大的门，能一眼看穿屋里的空荡。衣服晒在一根绳子上，黑色的灰色的皱皱的。

　　车子很快就把这一切抛在了后面，到了镇上。镇上两边盖着二层的小楼，店门前到处都散乱地摆放着农用商品，花的绿的，大大小小，很是热闹。但路面还是土的，上面到处都是坑坑洼洼，有的低处还流着脏水，与过河时的诗情画意成了反比。

　　南南的心里起了波澜，这环境也太恶劣了，杨杨受苦了。

　　车子开进一个中学内，正赶上下课的时候，一群学生看稀罕地一起朝这边拥来，围住了车子。南南下了车，向他们打听杨老师，学生们都说，不知道。南南不信，就找到办公室，向老师们打听，几位老师重复了一下名字，也说不知道。

　　南南一下子没了心情，难道找错了，那杨杨在哪里呢？他又给杨杨打电话，但怎么也没人接听了，这下子南南没了主意。

太阳已升高了，有了热量，晒到皮肤上紧紧的，但风刮着，起了一些清爽。南南到一棵树下站着，不知道是进是退。学校又开始上课了，学生们都回到了教室内，校院里一下子安静了下来。

南南想尽快见到杨杨的，杨杨老师就在这片土地上，现在，她在哪里呢？他一时之间陷入了巨大的黑暗中。

车子开出了学校的门，驾驶员有点不满了，来之前，他就怕这个外地人是否能找准确，现在，这个陌生人真的找错了。

南南也开始怀疑起来。

南南再次打了手机，手机仍没有人接，他忽然有了不祥之感，是不是杨杨在回避他，这么多年了，感情难免有变化，如果真是这样，还不如不见了。这时驾驶员说，这旁边有一个小学校，我们去找一下，看是否在那里。南南说好吧，再找不到，就回。

车子沿着一条小巷子朝里开，两边都是房子，车子在小巷子里开得很慢，有时车轮就擦着人家的水泥台阶，终于开出来了，迎面是一个院门，铁的门上钳着几个铁皮剪的字，上面是学校的名字，但年头久了，已漆锈斑斑。

车子在门口停下，南南走了进去，学校里正在上课，一个年轻的女教师看走来一个生人，就迎上来问，有什么事？南南说了杨杨的名字，她摇摇头说，没有这个人。南南刚刚有点兴奋的心又冷了下去。女教师停了一下，又对他说，你到教办室里去问问，那里有不少都是老教师，也许他们知道。

南南走进去，他朝一位年纪大的男教师打听杨杨，老教师说这个学校没有，但又仔细地问了南南，南南又把杨杨的详细情况给他说了，男教师说，这个乡原来是两个乡，后来合并成一个乡了，但原来的两个中学都存在，你去另一个中学找找看。

　　男教师打了电话过去，那边有人接了电话，说有这个人，南南谢了，身上有了劲，他到车上，把情况对驾驶员说了，于是，车子又上路了。

　　车子又在乡间的路上行走起来，路况很差，偶尔露出的一块柏油路面也覆盖着厚厚的泥土，不断有家畜在路上挡道，车子慢了许多。车子上了高高的河堤，就看到远处的田地里有一座白色的院墙，里面树荫浓密，掩映着一座二层的小楼，驾驶员说，那就是学校了。南南不放心地说，不是乡镇企业吧。驾驶员说不是，这里都穷飞了，哪有什么企业。

　　车子拐了一个弯照直开进去，果然是一个学校，一大群学生围了过来，看热闹的，还有几位老师站在走廊上看，南南不好意思起来。

　　南南下了车，照直走了过去，果真看到杨杨了。杨杨还是那么年轻，那么漂亮，只是身上多了许多朴素，没有了过去的妩媚。南南拉着杨杨的手，杨杨的手是细软的、小巧的，在他粗大的掌心，像一只收拢着翅膀的小鸟，一点没有要逃走的意思。南南看到杨杨眼里，有欣喜的泪水在转，但这儿有好多教师和学生，杨杨抑制住了，把南南领进办公室里，在一张破旧的办公桌前坐下来。

　　办公室是两间平房，里面桌子挨着桌子，空隙处刚能转过身，地面高低不平，有几位老师也都是头发乱乱着，粗手大脚的，面孔黝黑。看杨杨来了城里的朋友，都忙着帮杨杨招呼，有一位老师给南南端来一杯水，有一位老师给南南拿来了一盒烟，南南都一一谢绝了。

　　杨杨说，我们这些老师都挺好的，农村条件简陋，你不要计较。南南把找她的艰难讲了，杨杨说，真没有想到你这么老远来看我。

　　南南问，路上打了你那么多电话为什么不接，把我急死了？

杨杨说，上课时间是不给接电话的，一般我都关机，忘了告诉你，对不起。

上课的时候又到了，杨杨不好意思地对南南说，我又要去上课了，最后一节课，上完了就回来。杨杨拿着书和教具匆匆走了。

南南一个人在办公室里坐了一会儿，办公室里到处都飞着轻轻的杨絮，像雪片一样，南南用手捕捉了一片，在手心里那么轻柔，用嘴轻轻地一吹，它立即就飞走了。南南走到门外，门外是一大片的杨树，高高的直立着，在风中哗哗地响，树冠中时而落下几只麻雀，小小的身子，萎缩着像射出的子弹一样迅速，刚落到地面，又扑了一下翅膀飞走了。

下课后，杨杨回来了，时候已不早了，南南要杨杨跟他一道去城里吃饭，杨杨不愿意，她下午还有课，来回一折腾，时间就不够了，并要他留下来，说，你不是喜欢吃土菜吗？就在这儿吃点土菜，我自己做给你吃。南南的心里一热，过去在学校时，杨杨就做过饭给他吃，现在她还记得，南南真想留下来，但他也只有一上午的时间，下午的飞机票已买好了，如果吃过饭回去，就赶不上飞机了。

两人相对伫立着，好长时间没有话语。杨杨叹息了一声，说，太匆匆，太匆匆。

南南安慰说，见到面就行了。

南南与杨杨道了别，车子开出了校门，在路上卷起灰尘奔腾起来。杨杨坐在车上，心里有了许多酸楚，一路的辛苦，难道就是为了见这一下面吗？既没有拥抱，也没有亲吻，多少年来的思念，就存在这一瞬间？人生有多少个匆匆，有多少个忙碌？

回头望时，校院那道白色的院墙在南南的眼中有了许多的流连。

清白的爱情之夜

夜色是哗啦一下倒下来的，我和敏子感到要回去了。夜已深了，敏子站下来，看着我轻轻叹息了一声："怎么办？"我沉思了一会儿说："住旅社去。"

我拉着敏子的手，开始慢慢地在马路上边走边寻找旅社，我们正处在秘密的热恋之中，每晚都要约会的。我和敏子都住在工厂的单身宿舍里，女工的宿舍每晚 11 点准时锁门，那看门的老太太认真古板得如同看着满楼里的女儿。有几次，敏子回去晚了几分钟，老太太就把门锁上了，任敏子抓着铁栅栏的门如囚徒一样呼喊。老太太好久才幽灵般地出现，并大声责备。单身楼里的女工们都相互熟悉，谁的声音一听不用看就知道是谁。老人人的责备，似乎是有意在把事情渲染一下，令人生厌。今晚，这么深的夜，回去喊门，特别一个女孩子，那不等于是在丢自己的人？敏子不愿意，我也不愿意。

马路上已没有行人了，橘黄色的灯光下我们的影子一会长一会短地移动着，偶尔惊起的一阵风，已有了津津的凉意，路两旁的店都关门了。看到一家旅社，我敲了半天门，一位年轻的妇女才披着衣，散乱着头发，站在门玻璃后问，啥事？我说住宿。她奇怪地打量着我问，有证件吗？我们这才想起，身上无一个证件。愣了好一会儿，那妇女肯定误解了我们，门咣一下又关了，我苦苦地摇了摇头，拉着敏子走开了。

我们又慢慢地往回走，敏子已有了倦意，她紧抱着我的臂，我感动得轻轻地抚了一下她的长发，她抬起着头来，眼睛微眯着，薄薄的唇翘翘着，一副柔情令人怜爱不已，她无助地又问："怎么办啊？"

前面已接近工厂了，马路边有一座农民盖的楼房，已停工好久了，门窗都没有安装，敞开着。我眼睛一亮，说："我去的地方，你可敢去？"她毫不犹豫地说："敢！""那今晚我们就住那里吧。"我用手指了指这座房子。敏子抬头看看说："我怕。"我说："不怕，我在你身边哩。"敏子信任地点了点头。

我拉着敏子的手，顺着楼梯走到二楼，楼里散乱着一地的砖头，我们打量了一下，选了一个背风的地方，我把砖头拾起来，码了两个凳子，往上一坐说不错。敏子也坐下来，头伏在我的腿上，她实在是困极了，不一会儿就呼呼地睡着了。我把身上的一件毛衣脱下，披在她的身上，然后，轻轻地弯下身去，伏在她的背上。两个人身体的暖气渐渐融合起来，愈来愈浓，驱赶着寒意。外面四周静静的，我们仿佛置身在海洋中的孤岛上，远离了身外的红尘，敏子轻轻的鼾声是今夜最动听的音乐。睡意包围上来，我半睡半醒，努力保持着警惕。

好久，敏子动了一下，她可能以为睡在床上，然后一惊乍，睁开眼睛看着。我用手安抚地拍拍她的背，她问："你怎么不睡？"我说："保护你呀。"敏子感动地站起身，我也站了起来。敏子扑在我的身上，我们热烈地亲吻着，一种甜蜜霎时赶走了恐惧淹没了我们，我的身体燃烧起来，有一股膨胀和冲动，我的手情不自禁地伸向她的私处，她尖叫了一下，叫声冲跑了睡意，我们从迷离中清醒过来。她说："今晚，是我们第一次在一起过夜，应当要纯洁，我相信你。"敏子的话，让我产生了强大的责任感，我冷静了一下，强烈地抑制住自己的欲望，说："你放心，我一定不会做对不起你的事的。"她看着我，点了点头。

我们坐了下来，看着屋外的夜色，互相讲起故事来，慢慢的，敏子的睡意又袭上来，她的眼睛睁不动了，伏在我的腿上睡着了。屋外升起来的月色透过窗口静静地照进来，她的半个脸十分洁白，仿佛瓷质一样闪着诱人的光泽，我努力克制着自己，我想，我们的爱情应当如洁白方正的豆腐，放在任何地方都应该端端正正，容不得一丝玷污的。

渐渐的，天开始有了亮色，屋外已响起赶集人的脚步声，敏子醒来时，天已开始大亮了。我问敏子："昨夜睡得怎样？""很好，今生最美好的夜晚是你带给我的。"敏子羞怯地说，我看到她的眼睛里升起一层薄薄的光来，那是一种幸福和吉祥。

我们必须要立即离开这里，否则被哪个人碰见，跳进黄河也洗不清的。趁着无人，我们走下楼来，在路边的摊子吃过早点，回到了厂里。

分手时，我们相视一笑，汇入上班的人流里。

路上的蚌埠

初冬，开会路过蚌埠，我忽然想停下来，去这个城市里走走。

车子是在北岸的小蚌埠停下的，面对来往的车流，我站在路口打了好长时间的车子，均没有打到。正在我感到手足无措时，抬头便看见了不远处淮河上的那座斜拉索大桥了，我决定放弃打车，徒步从这座桥上走过去。

走不多远，就到这座斜拉索大桥了，脚下是红色的橡胶人行道，桥上是如洪水似的车流，桥下是汤汤的淮河水，几条货运大船在水面上隆隆地驶过，平静的水面，拖出一条长长的波浪。天空是阴沉的，沿着淮河望去，只见远处的空间逼窄到了水面上。又看到那条蜿蜒而伸展的淮河大堤了，堤上只有几个人的身影，长长的大堤显得空荡冷寂。桥上没有行人，只我背着旅行包踽踽独行着，明眼人一看就是一个异乡人。我一直往南走，走过大桥，走过几条马路，一直来到市区。这里高楼林立，人欢马叫，一片沸腾的生活景象。尽管蚌埠我已来过多次了，但我还是每走几步就要停下来，遥望一番，我想从眼前的风景中，寻找到一些与我记忆相对应的东西。

蚌埠，对于我，这是一个重要的地理坐标。小时候，我家低矮的草房子里，有一面不大的堂屋墙壁，上面挂着父亲做的一个喇叭匣子，底下是一张破旧的大桌子，在大桌子与喇叭之间有限的墙壁上，父亲张贴着一张《中国地图》，一张《世界地图》，两张地图黄黄的，除了那些线线和块块，没有任何东西，实在是没有意思。我总是羡慕别人家堂屋墙上的年画，那些人物、山水，花花绿绿的，我们一看能看上半天。但玩遍全村，发现只有我家墙壁上张贴的是两张地图，这让我不明白，也很不开心，总想让这两张地图早早地烂了，好换年画来贴。

我们总不能天天跑到别人家去看年画，做完家务后，有时，我和弟弟们就用地图玩游戏，就是我说出一个地名，看谁能找到。这样一找不要紧，使我们兄弟们日后都偏上了文科。那时的地图不像现在的地图有这么多的城市，那时地图上的一个城市和另一个城市隔得很远，中间是一片空白。我们在《中国地图》上，首先找到的是合肥，这是本土位置，沿着合肥往南找，有芜湖，一条长长的弯曲的粗线从这个圆圈上穿过，这就是长江了。往北找，就是蚌埠，一条弯曲的细线从这个圆圈上穿过，这就是淮河了，一条黑色的铁路线直上北京，这就是京沪铁路了。从此，我记住了蚌埠这个名字。

上初中时，我们有一个代课老师姓王，他那时刚高中毕业，年轻，头脑里有货，他带我们数学课，还教会了我们英语歌。后来，王老师参加了高考。那时的乡下，还很少有人参加高考，他考得如何，成为我们关注的焦点。新学年再开学的时候，我们的数学老师就换了，听说王老师考中了蚌埠医学院，这在我们的口中纷纷传播，王老师也成了我们的偶像。我们也知道了，远处有一个叫蚌埠的城市，实现了一个乡村青年的梦想。

后来，我在淮北参加了工作，那时的交通还不发达，每次回家探亲，都要从蚌埠这个城市里转车，我多次利用转车的间隙，走出火车站，在附近转转。蚌埠城里楼房井然有序，人们穿着光鲜，马路上车水马龙。那时蚌埠的二马路很有名，我不知道是怎样的一个地方，就专门找了过去，原来，真是一条马路，两边商铺林立，里面人头攒动。在这个城市的街头走走停停，一个具体的真实的蚌埠，从地图上的那个圆圈里走下来，矗立在我的眼前。还有一次，我带着女儿从这儿转车，年幼的女儿穿着红色的毛料裙子，她紧拉着我的手，问个不停。夜里，我们在一家小旅馆住宿，熟睡中，她紧紧地搂着我的脖子，我翻一下身，她动一下身，但双手始终不松开，这是女儿第一次离开家，她小小的年纪，对陌生的异地本能地有着一种恐怕和无助，而我是她唯一的亲人和依靠，这种血浓于水的父女之情一直留在我的记忆里。

在这里，我不能不说，蚌埠在我生命里的温度。那一年，我和单位里的一个蚌埠女孩相爱了，第一次，我随她来蚌埠看她的父母。夏天的晚上，她带我去淮河大堤上散步，大堤上凉风习习，我牵着她细长的手指，月光下，她白皙的面庞，是如此地动人。我们来到铁路桥头坐下来，看一列列长长的火车，拖着宫灯似的窗口，隆隆地驶向远方，火车窗口的余光，闪过我们的面庞，把我们的眼睛照亮，我们在火车的隆隆声中，对生活充满了无限的憧憬。大坝下有一片防护林，里面是深深的草丛，我们探索地走过去，走到水边，水边泊着一艘旧船，门窗敞开着，不远处的水面上漂着一个小划子，上面有一盏弱小的灯火，那是一位渔民在打鱼，岸边的旧船就是他的家吗？那些个夜晚，蚌埠给了许多温暖，我把所有的感情都盛放在这个城市里，我的许多思念都变幻成汤汤的淮河水，环绕着这个城市流过。但遗憾的是，我们终没能走到一起。现在，我常常乘火车从淮河大铁桥上驶过，脑子里还浮现出我和她坐在大堤上看火车时的身影。

蚌埠作为京沪线上的一个重要城市，时常会出现在作家的文字里。杨绛先生在《杂忆与杂写》里，是这样写蚌埠的："车过蚌埠后，窗外一片荒凉，没有山，没有水，没有树，没有庄稼，没有房屋，只是绵延起伏的大土墩子。火车走了好久好久，窗外景色不改。"杨绛笔下的蚌埠，是几十年前的冬天的蚌埠，现在的蚌埠已不是这个样子了。我在王安忆的小说里，多次读到过蚌埠，我记忆最深的还是她的那篇小说《蚌埠》，王安忆是这样概括这个城市的："蚌埠保守着多少秘密，为我们这些初涉艰难世事的少年，由于不懂事而犯下了过失，在这里得到纠正和将息，再继续奔赴我们茫然的前程，深以为，那里有着美好的景色在等着我们。我们把代价留给了蚌埠，这个萍水相逢的城市，这个我们一旦离去就再没回来过的城市，回首往事，蚌埠的景色是多么的苍茫啊！它隐在白色的雾气和黑色的烟尘背后，高大的烟囱和电线杆子突现在苍茫之中，好像一艘船的桅杆，暮色则像帆，渐渐升起，张开，遮住了蚌埠的身影。"王安忆曾在蚌埠五河插队两年，这块土地对她有着启蒙的作用。王安忆笔下的蚌埠，是一座人生之路上的城市，不能停留下来。

也因为文字，蚌埠把我和许多当地的作家联系在了一起。每次看到蚌埠作家的作品时，我都能想象出，他们在这片楼群里穿梭往来的情景，想象出淮河的水在天空下静静流淌的情景，心里便漾开一串涟漪。我去过一位蚌埠朋友的家，他住在一条小巷子的深处，巷子口是一排高大的梧桐树，树下，是几个拉着平板车卖水果的小贩，走进去，小巷子的两边都是低矮的门面房，小饭店、小门诊、小超市、理发铺、牙医店、游戏室等，拥拥挤挤，他们是生活的底层，但也是最坚强最葳蕤的生命。朋友家住在五楼，他"当当"地切菜，"当当"地烧菜，很快就弄出了四个菜来。我们坐在玻璃桌子上，一边喝酒，一边说话。他骂生活对他的不公，他感叹，在这个城市里能谈文学的人已很少。我喝两口酒就有点头晕了，躺到床上去休息了，而他喝了半斤却没有感觉，然后，又"当当"地收拾碗筷，"当当"地洗涮起来。这个蚌埠人好酒量，做事利索干净，生活里充满了韧性，骨子里充满了高贵。

一个城市，应当要给旅途中的人，以庇荫；给生活其中的人，以精神导向。蚌埠，在作家们的笔下，充满着人文的情怀，它不同于开发商手中的蚌埠，充满着市侩气，也不同于建筑师图纸中的蚌埠，到处都是冷冰冰的钢筋混凝土建筑。而我记忆中的蚌埠，滞留了我许多青涩的味道和跋涉的脚印。

蚌埠，我每次只是一个匆匆的过客，而这次，不知是什么东西绊住我的脚，我却想停下来。

晚上，赶到朋友指定的地方已是华灯初上，在欢快的气氛中，我已忘记了自己身在何处。现在的蚌埠，在窗外是一片璀璨的灯火，在窗内，则是满屋的暖风和高涨的热情。我记忆中的蚌埠，那个有着我淡淡甜蜜和淡淡忧伤的蚌埠，还驻留在我的心里。

我去北京逛书市

　　一个人喜欢一件事情，喜欢过头了，就成了嗜好。我从喜欢逛书店到喜欢逛书市，就经历了这个阶段。合肥大大小小的书店我是经常去的，花冲公园每逢星期日的旧书市场，只要在家，我是一定要去逛的。出差到外地，我也喜欢去逛书店，虽然书店的书大多雷同，但错过了，总觉得是一种遗憾。

　　那年春天，从报纸看到春季书刊会议在北京召开，我就心动了。北京的书刊会议我早有耳闻，但还没有去逛过，这次，我一定要去看看，这个书市看了，也就看了全国顶级的书市了。

　　元旦正好有三天假，夜里，乘上火车开始了这次去北京逛书市的旅程。

　　在火车上，我就给在北京的朋友发了短信，说我来了，朋友问我来干啥，我说是逛书市。朋友说你跑到北京来逛书市，你有坐火车的钱，在合肥倒能买好多的书了。想一想还真是的，但这逛和买是不一样的，逛关键是在过瘾，我不为此行后悔。

　　火车到达北京是第二天的凌晨，赶到朋友那儿，朋友看到我真来了，惊讶不已。休息一会儿，我们就开始研究去书市的路线。朋友在我要去的地方画了几个圈，它们除了书市，还有北京的西直门图书中心、琉璃厂的古旧书市等，我还要他再找几个地方，朋友说够你逛的了。

揣着这张画了许多圈圈的地图，我出门了。先是去京燕宾馆，这儿是全国期刊交易会，坐在地铁上，我对面有两位年轻的女子，在和朋友打电话，就听她们在问谁谁来了没有，自己马上就到，我想这两个人肯定也是来参加图书交易的。等她们打完电话，我就主动与她们搭讪，我说我是来逛书市的，但不熟悉路，我们一路走吧。她俩也很热情，我们一下子拉近了距离。我们相互交换了名片，原来她俩是哈尔滨的，在大学校园旁做图书生意。

从地铁站走到地面，气温一下子就寒冷了许多，她们两个把大衣的领子竖起来在前面走，我跟在后面，一抬头，就看见京燕宾馆那高高的大楼了，许多人都在进进出出。宾馆的门口上打着北京春季图书交易会的标语，有商家在发送图书宣传材料，我顿时有了精神，一走上前，立即就收到了几份杂志和报纸，还有几个手提袋子。走进宾馆内，人头攒动，宾馆大厅的廊柱上全被漂亮的图书广告包住了，电梯门前，许多人在等，我等不及，上面有巨大的磁场在吸引着我，就徒步上去了。楼上的每一层就是一个交易会场，走廊的墙上也贴满了图书招贴画。杂志社的人把每一个房间租下来，把杂志摊放在桌子上床上。接待的人对批发商都很热情，千方百计和人家套近乎，有的杂志社还为这些人准备了一些小礼品用以联络感情。有的批发商可能和杂志社都是老朋友，一见面就热乎起来。大批发商很牛气的，把自己住的房间印在名片上，散出去，等杂志社上门去洽谈，热销的杂志都是一个省一个总代理，外人是很难打进去的，新奇的杂志也很容易找到代理商，我就看到一位批发商因为迟了一步而没有得到一家杂志的总代理而懊悔不已。

作为一家大型文学刊物的编辑，我对同行的动态比较留心。我在每家杂志社展位前一边逛，一边收集着各种资料，很过瘾，基本了解了全国大部分杂志的经营情况。许多新杂志都改版办成体闲类刊物，有些就直接办成另类的，有一家不知名的地方小刊物，一换脸办成了四种杂志。纯文学的杂志很少，一般都是一些老杂志。四川一家文学杂志为了独出心裁，竟学时尚类刊物，在封面上打洞，赠小册子，我觉得太花里胡哨了。我很为这种现象担忧，刊物一味迎合市场，这样下去，文学还要不要。我与一位批发商聊天，他开始给我的是一张书店总经理的名片，但听说我是杂志社的，又给了我另一张名片，在这张名片上，他是四家休闲类杂志的主办者，他问我们杂志可不可以把刊号卖给他办，他说现在很多杂志社的背后都是有钱的老板在办，只要有市场就行了，要什么文化。我轻轻地笑笑离开了。

杂志批发出去了，最头疼的问题是如何收款，这个我在杂志社遇到过。在书市上，看到有一个书商大概拖了一家杂志社的款，杂志社的老板在电话里破口大骂，说如果这次不送钱来，就把他评为信誉最差的人，写在纸上贴出来。这可是要钱最狠的一招，参加这次交易会的书商大都是相互熟悉的，一般人总不想在朋友们面前丢面子的。

逛完了一层再上一层，不知不觉已上到十三层，直到肚子饿了，下去吃午饭。

下午，背着一包沉甸甸的材料，再乘车去京丰宾馆逛图书交易会。两个会场相距很远，乘了好长一段时间的车才赶到，图书交易会比期刊交易会会场规模要大得多，一走进宾馆的大院，就是长长的图书广告长廊，招贴画设计得也很有水平，图文并茂。图书交易和期刊交易一样，每家出版社、文化公司、图书批发商也是租宾馆里的各个房间做门面。有的老板把房间里布置得就像书店一样，有的房间书就放在床上、地上，像摆地摊。大的出版社一般都租个大厅，那些图书在明亮的射灯光下，十分漂亮高雅。新出的书还没上市批发价就在3.3折，很多为图书馆配书的公司，图书批发都在 1.5 折以内，让我看到了图书经营的背后激烈的竞争。逛图书交易会，我最大的收获是收到很多图书目录，简单的图书目录就是黑白印刷的，比较好的图书目录是全彩印的，从设计到印刷甚至比图书都考究。从这些目录中可以集中了解一些图书的出版信息，还有图书设计风格和简明扼要的图书广告语。我惊喜地在一家出版社的展台上，看到了我的新作《黑夜中的美人》，我高兴地和经销员聊了几句，他说这系列书是这次出版社的主打品牌，从目前来看批发情况还不错，特别安徽那边进货多点。

碰到一位在北京做图书批发的安徽商人，我问他图书做得怎么样，他说不错，他们家兄弟亲戚共五个人都在北京做图书批发生意，如果可以他还可以给我搞盗版书，那很便宜的。天黑时，才逛到六楼，我的身上已背了两大包各种材料。我问服务员上面还有多少，他说一直到十四楼都是，看来逛不完了，赶紧出来乘车回去。

第二天一早，从朋友那儿出来，再去图书交易会接着逛，到傍晚终于逛完了，又背回两大包宣传资料。夜里要乘火车回合肥，这些东西怎么带回去呢，我烦了神。朋友看我把这些东西当成宝贝一样，开玩笑地说，你带回去的都是一堆破烂。我蹲下身子，重新整理一下，果断地扔了一些，但还剩下两大包。最后我只得去市场买了一个拖行李的小拖车，才解决了问题。回去后，我将细细地研究，从这堆破烂里发现一些有价值的图书市场的信息。

砀山行

一

下午要去砀山，吃过饭，收拾东西，赶到长途汽车站是下午的1点，已经没有去砀山的班车了，问服务台，说，每天只有三次的，过了就没有了。这让我感到奇怪，在如今这个年代，从省城去各个地方的班车都多如牛毛的，怎么到砀山县城的车子这样少呢？

砀山我没有去过，想到这里的芒砀斩蛇，这是刘邦发迹的地方；想到那儿的梨子，掉下来就成了一摊水，就是这些印象了。

与朋友约好的，今天下午到，如果今天走不了，明天走就赶不上讲课了。朋友已在那边把人通知了，只好决定乘车到淮北。淮北与砀山近了一步，实在不行，明天一早从淮北赶过去，也许不晚，旅行的人都有一句俗语：只怕站不怕慢，只要往前赶，就会离目标近些。

到淮北已是满街灯火了，黑黑的夜色里是幢幢人影，淮北虽然不陌生，除去故乡，最熟悉的就是淮北了，但现在我是一个匆匆的过客，一个人背着包站在街头，秋天的天气已凉了起来。

我是最怕这种落寞的，想到在这儿工作的弟弟。当年弟弟大学毕业就是奔着我来这里的，而现在我早离开了，留下他还在这里坚守。过去女儿在时，我首先会去见女儿，今年夏天女儿已上大学走了，这个城市对我又缺少了一个亲人。

车站广场前停了许多的出租车，一个小伙上来问我去哪里，我说去砀山，他说现在已没有车了，可以打车去。打车去，这个我没考虑过，那么远的路程，得要多少钱啊，但我还是下意识地问了一句，多少钱？他说150元，我说太贵了，他说娘哎，这还贵呀，你知道这儿离砀山有多远吗？200多公里呀，我到车上拿地图给你看。我不想看，也没打算。这时其他的几位出租车司机听说有了生意，都纷纷地吆喝着，砀山砀山的，过来，我走，小伙子急了，说，少点120元，只能这样了，明说了，我只赚你几十元，这么辛苦的，我犹豫了一下，说80元，他说不行。我开始踱步，他跟着我给我算账，你住一晚要几十元，今晚和明早还吃饭要几十元，明天坐大巴要几十元，一算，百把元花了，你现在坐我的，也是百把元，晚上回到家，搂着老婆睡觉了，还坐了一个轿车，省得在这街头受罪，你怎么不会算账呢，老天爷。他这一算，倒也使我动了一下心，虽然不是为搂老婆，但人家在那边等着我，我是去践约的，也是重要的。而且百十元也是我承受得了的，我还是还了价，说80元。他像是被刺了一下，一跺脚说，娘哎，你真会还，这刚好是我的汽油钱。

我给砀山那边发了短信，他说，一桌子的人，都在等我，我说我在转车，不知道能否去成，对不起。他说，如果确实来不了，给个短信。我回好的。

现在，出租车给出这个价，我码算了一下，也合理，但又一想，我花了一百多元，到那边再住花一百多元，就划不来了，如果那边没安排，我就在这里住下了，明天去，也不耽误事的，我又去信问，那边回说已安排好了，我就决定去了，否则人家浪费就大了。

广场上，出租车都在喊砀山砀山的，因有我这一个客，再能拉上一个就可以跑了。

　　过了一会儿，有一辆大巴进站，喊声又蜂拥而起，像夏天田野里的青蛙，鸣叫声一片，过了一会儿，有人惊呼，有一个了，有一个了，小伙子上前问，这个人是去砀山半路上的一个镇子的，出了比我多二分之一的钱，可以跑了，许多人上来抢，小伙子赶忙把我们俩拖进车里，我起身下去看了一下车号，把号码存到手机里，因为毕竟是夜车，又那么远的路程，不能不多一个心眼。

　　车子上路了，在黑漆漆的夜色里，向那个陌生的地方去，车灯打在两旁的行道树上，行道树的根部涂了白粉，在车灯下，像一排排的整齐划一像仪仗队，有时，车子在坑中稍微颠簸了一下，像船在平静的海洋上偶尔遇到了一个浪头。

二

　　吃完饭，陪我的客人走了，我走出宾馆，到街上去走走。

　　时间还早，街道上冷冷清清的，路两旁的店铺都关了门，路面上垃圾很多，人行道里的砖满是坑坑洼洼的，许多铁皮门锈迹斑斑，还有些木头的门，破烂处漏着很大的洞，透出里面淡淡的光，我从一个门的破洞里，甚至看到了院子里的小树和破旧的自行车。

　　路边停着一辆出租车，上面已有了一层露水。

　　只有十字街头的红绿灯还在闪着数字，像白天一样地忙碌着。

　　一个小店门口，坐着两个男人在昏黄的灯光下聊天，一个男的说，这次我就饶了她，以后，她要再魂不守舍地到他那里去，可不能怪我了。对面的男的沉默了半响说，不会吧。

　　我走过去，他们是在说　　杜红杏山墙的事。

马路上，一个妇女穿着臃肿的棉衣，骑着三轮车，车箱里满是一些黄的橘子和红色的苹果，他的丈夫骑着电动车，一只脚撑在三轮车上的后面用力，他们在往家赶。

空气中弥漫着一股臭味，一闻就知道是污染的味道，左右一看，就看到一条臭水沟，快要堵塞了，一只白猫正从岸上往下小心地爬，底下的垃圾里有它的美食。

没有兴趣，又转了回来，到了宾馆里。

奔波了一天，已疲惫了，坐在床上想看电视，电视里的雪花点大如席，看不下去，看了一会书，睡去了。

三

一大早，就被喧哗声吵醒了，拉开窗子向外看，看到楼后面的不远处是一所学校，孩子们像树上的鸟儿一样，在不大的操场上玩耍，睡不着了，就坐在床上看书。

朋友来喊吃早饭。

许多的摊子都摆出来了，摆在马路的两边。

街的两旁都是居民盖的二层小楼，参差不齐，形式各样，有的破旧，有的是新起的。

卖早饭的小门面里面是几张低矮的桌子，桌子前是几条长的矮板凳，墙上是一片一片的灰黑，电线粗粗的，吊着短短的灰穗，一张营业执照已被灰蒙得看不见里面的字了，木头的门后，是几个蛇皮袋子，露着黑色的碳块，袋子上堆着许多空酒瓶子。

早点便宜，一笼包子才1.5元，在合肥是吃不到的。

吃了早饭，友人走了，我去街上转转。

往前走了一会儿，就是城中心了，两边是商业的铺子，看到几个名牌专卖店，不像在城里那么张狂，有点猥琐别扭的样子。

看到新华书店了，进去把文史类瞅了一遍，也没什么想买的书，出来就不想再转了，在一个地方，找到新华书店就找到这个地方在我心中的地标了。

出了新华书店，向前看，街的前面一眼就看过去了，都是商店，也没了逛的欲望。

街上有许多木三轮、电动三轮，找了一个电动三轮回宾馆，两元钱。

偶尔见到女孩子，也长得妖妖娆娆的，丰满而时尚，穿着窄小的上衣，凸出丰满的胸，长长的皮靴，露着长长的腿，便想起那句老话，男子可以四海为家。

拉开窗帘，窗外是起起伏伏的住户，墙壁是用水泥抹了的，灰色的长年经水淋的地方，呈着向下的白色的线条，屋顶铺着瓦，颜色不是红色也不是黑色，像是从泥土下挖出来的，房子盖得土，不像南方的房子，一看就有灵气。门前一个大通道既是走廊也是阳台，一位少年在台子上理着球鞋，铺开来晒。有一位妇女在院子里躬着身子，翘起丰满的臀部，让人有了欲望。

夜行火车

买了两张夜行的火车票，无座的特快。妻子就抱怨，几百里的路程，要站到家还得了！没座也要走啊，上到车上，那么长的火车，难道还找不到一个位子，我这样安慰妻子。

候车室里黑压压的人，有两个穿着蓝布长衫戴着红帽子的男子，在过道里挤来挤去地吆喝。他们用可以帮人提前进站不用排队的便利来收取小费，但提前进站有何用，还不是等火车来，大家一起上车。我观察了一下，尽管他们来来回回地吆喝，但没有一个人要他们送。

火车终于进站了，站在月台上，看那列火车从远处铿锵着，亮着刺目的灯光驶过来，然后，又哐当一声在眼前停下，狭窄的车门刚打开，大家就开始蜂拥而上，黑压压的一片，在门口挤成一坨。

我们走到一节车厢的门口，只见车里面的人站在门口像一面墙，我拉着妻子硬着头皮挤了上去，一步也没办法挪动了，这样关车门已成问题。这时又跑来三位妇女，身上驮着大包小包的要挤上来，站在车门口的人就说没办法上了，车门都没办法关了。列车员是一位苗条的女子，头发做得很讲究，脸上的皮肤一看就是做过美容的。她斜着身子，从一堆男人中挤过来，对那几位妇女说，不要上了，跟下班车。那几个妇女就急了，说，我们已等了几天走不掉，这怎么搞呢？其中有位拼命往上挤，边挤边喊，求求大家了，你们稍微动几步就行了，出门在外不容易的，行行好哩。女人用着力，背着硕大的包袱，她挤前面的一个人，大家同时都感到了她传过来的力量，那种不可妥协的、坚决的力量。站在近旁的年轻人，伸手拉了她一把，这个女人终于上来了，跟着后面的那两个女人也同样挤了上来。

三个女人上来后，就成了车上的一员了，大家亲热了许多，就开始想着，怎样最大化地利用空间，三个女人都背着大大的蛇皮袋子，刚才拉她的年轻人建议，把三个包架在一起，这样就省出了空间。那三个女人却不干了，都黑了脸，谁也不愿意把包放到底下。她们的脸色很难看，讲话也凶了，使人不敢相信她们在车下时的热情和善良。那个拉她一把的年轻人，也不作声了，大家就背贴着背、脸贴着脸挤着。我的腿被挤了一下，低头一看原来是个孩子，我让了让，但也让不出地方，那个小孩喊爸爸，身边的一个男人，奋力挤过来，把他抱起来，递给坐在车厢接头的一位老乡，这下有了松动。我再一看妻子，一个大男人正张开着双臂，似乎要把她拥抱了，但也没有办法，这也不是恶意的。

火车一直不动，这让人十分焦躁起来，看来火车肯定是晚点了。偶尔从人隙中朝窗外看出去，满是朦胧的蓝色的光。车内，人的各种呼吸搅和在一起，有口臭的，有烟味的，有酒味的，让人难以忍受。

过了很久，车子终于开动了，车子一动，车内的人就舒了一口气，火车先是缓慢的，接着就越来越快，这种飞驰的感觉，仿佛是为了发泄。

我把妻子拉了一下，妻子吃力地从那个男人的怀抱里扭转了头，面向了我。

车厢内都是穿着陈旧、头发蓬乱的民工，使我和妻子显得有点扎眼。站了一会儿，妻子受不了了，一再说，我们去补卧铺票吧，身旁的一位妇女说，那可是要高出一倍的钱的。妻子说，那也不要紧，我们没办法在这儿挤了。

在车厢的接头处，竟有一个女孩子，面对车窗在安静地读书。那女孩子，穿着白色的翻毛领的上衣，披着长发，捧着一本书，天使般的宁静优雅，使我的心情一下子宁静下来。火车奔驰的声音有了乐感，我再把目光从女孩子的身上转过来，身边的人都在轻轻地摇晃着，火车的铿锵越来越有了力量，这是铁与铁撞击的力量。

过了好久，前方的站就要到了，已经有人开始涌动，那个看书的女孩子也把书放进了包里，看样子她也是到这里下车的。

大家开始纷纷议论起来，门口被这几个妇人的行李堵着，如何把车门打开。

列车终于哐当一下停了下来，那个女列车员奋力叫着挤过来，她单薄的身子就像一把利刃从人缝间迅速切过去。她站到车门口，把那些包奋力地向内里挤着，人群中又开始了一场风暴，她单薄的身体不知从哪里来了如此大的力量，不可阻挡地袭来。

车厢的门先是开了一条小小的缝，在女列车员的奋力下，那条缝越来越大，终于打开了，她下了车，喊来站台的一位男列车员。这是一位身体粗壮的男人，他挤上车门，像武士一样杀开了一条路，下车的人不多，我和妻子也乘机挤了下去。

我们下了车后，赶快找到8号车厢，车门的乘务员不让上，我出示了票，说要上去补卧铺票，她才让我们上去。一上去，车门口也是人，有站着的，有坐着的，似乎松了许多。我们顺着一条长长的过道走过去，到了餐车，里面坐了不少人，我向穿列车制服的人打听补卧铺票的事，他说早就没有卧铺票了。

火车又开动了，看来我们就只有站着了，我把妻子安排站在过道上，这儿比刚才要好多了，虽然是站着，但还可以透过窗子向外看。外面是黑乎乎的，偶尔有一两点灯火从车窗外迅速划过，在潮湿的夜色中拖着细长的尾巴。

妻子站得实在受不了，说我们到餐车看能不能花点钱吃饭，去弄个位子坐。到餐车一问，吃一餐饭要八十元才行，我和妻子都心疼钱，没有去吃，但餐车里依然坐满了吃饭的人，妻子发现有几个肥胖的男子，结账时花了五百多元，让我们目瞪口呆。

妻子实在是又累又困，没有办法，我蹲下来，从包里把报纸拿出来，铺在地板上，让她枕着我的腿睡。开始妻子还不好意思，我说算了吧，别死要脸活受罪了，她想了一下，也顾不得许多了，就只得平躺在报纸上，睡了下去，我也昏昏沉沉地打起了瞌睡。

过道实在太窄了，有人走过来，只得动一下身子让路，刚刚有了点睡意，又被打扰了。这个时候就很向往在家睡在床上的幸福。

忽然有了一阵紧张的喊叫，快让开快让开！我抬头看时，却没有人来，正想低下头再睡去，便见两个乘务员架着一个妇女走过来，妇女单薄的身体软得像根管子，双腿拖着，原来她中暑了。大家赶紧让了一条道，看着乘务员架着她过去，真为她担心。

凌晨时分，我们到站了，火车喘息着停了下来，我和妻子下了车。

站台上是昏暗的灯光，我和妻子拖着疲惫的身子，走在空荡的站台上，凉风吹来，浑身一阵紧缩，回头看看这趟列车，像一条长龙似的卧在站台上，那里面满是荒诞和无序，也不知道它的终点在哪里。

轮窑厂里的青春

　　天还是阴着。

　　阴的天，使得天空更矮小了，仿佛就要擦着地面上的高压电线杆了，刮着前面村子里那棵高高的水杉了。天空下，鸟飞得也急速和沉重起来，像一块扔出的石子，黑黑的一点，坠在远处的树上，再也不见了。

　　前天下的雨，路上还没有干，路面上的泥泞在行人的脚下踩来踩去，烂烂的，像泥但没有一点筋骨，像水但又流淌不去，痛苦死了。

　　洗的衣服还是湿的，阴干的衣服石头不喜欢穿，穿在身上仿佛那些阴冷也贴在身上。石头喜欢穿在太阳下晒过的衣服，身上仿佛就没有了阴暗，太阳的温暖也仿佛贴着体肤。

　　窑厂的四周是一片荒草的岗子，村子离这儿都很远，最近的一个村子也只能隐约看到灰色的墙壁，窑厂里有许多码得像一堵堵墙一样长长的砖坯，石头把衣服摊平在砖坯上晾。工棚是简陋的，层顶是黑色的油毡，上面铺着一层山草，四面的墙是就地取材用砖头码成了，歪歪扭扭，仿佛准备随时走人似的。石头回到工棚里，感觉风从墙缝里到处钻进来，夹着雨丝，几个同伴都头发蓬乱着披着衣服坐在被窝里打牌。石头走到大进的床铺跟前，大进正在听小收音机，电可能不多了，发出微弱的叽叽啦啦的声音。

石头在大进的床边坐下来，叹息了一声，说："哥，什么时候能拿到工钱呢？真想回家了。"

大进把收音机关小了声音说："谁知道呢？千好万好不如家里好，老婆孩子热炕头的，现在我们跑这儿来受罪。"

石头说："还不是人为财死，鸟为食亡吗？在家里干蹲着，手头没有一分钱的也难受。"

大进说："这是我们大人说的话，你家里也不缺钱，你跟我们出来受罪干啥？"石头刚初中毕业，青春的身子现在就被泥土黏得抹不掉了。

石头说："我只想出来玩玩，谁知道搞成这样的。"

大进在鼻子里哼了一下说："打工是玩的吗？这下吃着苦头了吧，上学不好好读书。"

大进是两个孩子的父亲了，是石头的堂兄。石头初中毕业，身子骨还是嫩的，年初，村子里的人要出来打工，他在家闲着没事，说在家里圈坏了，这样石头就跟着出来了。

村子里的几个人到镇上和其他几个人会合，然后十多个人背着被子，提着袋子，从山里乘上火车，走了几天几夜，然后再换汽车，到了这个丘陵地带，承包了这个村子里的轮窑厂，石头十的活，是用平板车拉砖坯。

石头和大进说了一会话，大进的话像地上的烂泥，不知说多少遍了，听着也没劲。

石头从工棚里出来，也没地方去，石头想起那个叫梅子的姑娘。

那天，梅子是随家人来轮窑厂买砖的，她的父母开着一辆小手扶，突突地颠簸着开进了轮窑厂。石头戴着大草帽，拉着一车砖坯子进窑。石头经过小手扶时，看到站在旁边的梅子，梅子扎着一个马尾巴，脸蛋白白的，花衬衫里刚刚萌出两个拳头大小的乳房。轮窑厂里平时很少见到女孩子，买砖的大都是男人们，他们上好砖后，开着车子一溜烟就无影无踪了。石头看着眼前漂亮的姑娘，不免分了神，本来趁着惯性是可以拉上小坡的，但现在却艰难起来，他握着车把，压低身子，一使劲粗粗的带子便勒紧了他窄小的肩膀。梅子不知道石头在看她，看他艰难的样子，就顺手帮他推了一把，平板车一下子就轻松地移动了。那一刻，石头的身上就有了用不完的劲。

石头拉了几趟砖坯后，梅子的父亲已开好单子，把小手扶开到一堆红砖前开始上砖了，红砖前有一道小沟，小手扶靠不上，一家人就用手搬，有点费力。石头看了，就把卸了砖的平板车拉过去，说用我的车子吧。

梅子的父母很感谢，在她父母的招呼声中，石头知道了她叫梅子，还和她搭讪了几句话。不一会儿，砖上好了，梅子随小手扶拉着一车砖离开了，据说梅子家买了不少砖，还要来拉的。

石头便盼望着这一天，但这连阴的雨天，他们来不了了。

实在是无聊，石头决定到街上去转转。

街上离轮窑厂有几里路，不像家乡的老街好看。今天来赶集的人也少，迎面看人的脸，在阴的光线下，如果不带一丝笑容，那真像有了怨仇而狭路相逢一样。在一家店铺里，看到一位幼稚的小女孩拿着一个手机模型，在自言自语地说话，像一个小大人，问这个好那个好，然后开心地笑着，仿佛听到了对方也在向她问好。孩子的眼睛里是没有阴天的，父母就是他们头顶上永恒的太阳。

街道不长，转一会儿就到头了，街道的尽头，是一个残疾人经营的小农具店，里面卖一些竹木制品的农具，石头和堂兄来这里买过干活用的东西。这个男人姓谈，从小患了小儿麻痹症，双腿像管子一样软，见人就笑容满面，仿佛他就是一个健康的人。

现在，石头走到他的店铺门前，他坐在凳子上，老远就笑着向石头打招呼。

"石头，路上这么烂还来上街啊。"

"路上实在不好走，但不上街也没地方去。"石头选了路边的一块大石头，蹭着鞋上的泥巴，大声地说。

"趁着下雨天不能歇歇么，累不坏你。"

"歇了，歇一两天，身上骨头就疼了。"

"你们年轻人，骨头里藏着东西，到我这个年龄，骨头就安分了。"说完，老谈哈哈大笑起来。一个残疾人的笑容让石头阴着的心里，有了一丝温暖。石头在他的门口坐了一会，就往回走，好赶回去吃食堂的午饭。

有一会，太阳从云隙里透出一线光来，行人走在路上，急急的步子，仿佛要趁着这微弱的光线赶快走路，否则就会瞬间坠入黑暗。河水也宁静了，没有风，细微的波浪隐藏不了什么。只有田野上的野草，茂盛着，直立着。

石头忽然尖着嗓子唱开了："我在仰望，月亮之上，有多少梦想在自由地飞翔。昨天遗忘啊风干了忧伤，我要和你重逢在那苍茫的路上，生命已被牵引，潮落潮涨，有你的远方就是天堂。"

四周是寂静的，石头的声音在田野上显得十分地辽远和空旷。

阳光与雪山

大巴带我们去新疆博州市。

车子开出乌鲁木齐市不久，就是广阔的草原了。

太阳像一把利刃，从云隙间倾泻下来，乌黑的云层，也被这锐利的阳光洞穿得千疮百孔，像一床破烂的被絮。地面是平坦的，上面铺着一层青翠的绿色，这种绿色像从树梢上落下的花瓣，让人看了心疼，想用扫帚把它们扫起，装在锡箔纸的包里，放在枕边，浸在梦里。

阳光就在这片绿色之上倾泻下来，像冰冷的水遇到了火红的铁块，哗地腾空而起，在半空形成了巨大的光柱。就在路的正前方，让人眩目。

我坐在车头，看到车子迎着这几根巨大的光柱直扑过去，我甚至想象着车子与光柱撞击时，阳光会发出剧烈的哗啦声，然后，冰一样四溅着碎去。然而，随着车子越来越近，阳光又移到山脚的那边去了，与大巴擦身而过。

时光是挤奶姑娘刚从奶牛的身子里挤出来的，新鲜而散发着淡淡的甜味。只觉得要张开口把这些时光大口大口地吸进胸膛里去。

大团大团的云朵在地平线上静止着，仿佛是从地面上生长出来的棉花。车上的一位同事说，他们开车赶过来时，在路上迷了路，下车问一位牧羊人时，牧羊人指着天边的一大块云说，你往那朵云开去就到了。云可以做路标，这就是新疆云彩的特点。

有一群羊在平坦的草地上吃草，它们的身子在草地上缓慢地移动，显得安详宽厚。一列火车开过来，草地上无遮无拦，在远边的视线里，缓慢地移动着。路旁偶有劳作的农人，他们躬身在庞大的田野里，身影和禾苗都在大巴的窗外缓慢地旋转。偶尔看到一排白杨，它们蓬勃着，向上着。

车子在疾驰，几个小时过去了，我一点也不觉得疲惫。这块土地太辽阔了，空间只是一面镜子，尽头一直是一个谜。我感觉眼睛不够用，目光看不到时光的深处。

我们到达博州宾馆时，已是傍晚了。第二天早晨，明亮的光线，从硕大的窗外倾泻进来，携带着异域的气息。

我坐在宾馆的窗前看书。

书是我从遥远的家里带过来的，每次出门，我都要为带哪一本上路而费尽心思，因为，这本书就像一个朋友将陪伴着我的行程，丝毫马虎不得。

看得累了，我抬起头就看见窗外那片雪山了。在内地，这个时候应该是炽热的夏季，窗外的雪山对于我来说，是多么新奇啊。我们内地的人，对雪峰都有着一个情结，想象着，这个终年不化的积雪，是怎样的圣洁和高蹈。少年的时候，读过一首诗："窗含西岭千秋雪，门泊东吴万里船。"那时，觉得这是一种古意，现在我真的处身其中了。

博乐市就坐落在群山之中，四周的雪山像襁褓一样呵护着这个城市。昨天我一下车，就被这雪山惊诧了，我向朋友打听这山的名字，朋友说，叫阿拉套山，蒙语的意思是开满鲜花的山坡。

开满鲜花的山坡，多么有诗意的名字啊，我轻轻地吟咏着这个名字。遥望着远处的阿拉套山。阳光下，山坡是青郁的，再往上，就是被雪覆盖着的山峰了。每座山峰都顶着白色的帽子，它们就像聚集在一起做礼拜的教徒，浓厚的云在雪峰上堆积，静止的，是要阻隔阳光，不让雪峰融化吗？

此刻，窗外的雪山是母性的，慈祥，温柔，安抚着我浮躁的心灵，治疗着我曾经受过的伤。

在内地的家里，我读书累时，抬头看到的是楼群，那些楼群白天顶着阳光，夜晚闪着霓虹，楼群坚硬的线条切割着空间，切割着我的目光。

现在，我坐在能看见雪峰的房间里读书，感到时光的奢侈，感到文字的愉悦和神圣。

当我再抬起头来，看到窗外的雪山又是智者的眼睛，它使我的心宽阔起来。我感到手上捧着山峰上的白雪了，我把雪放到耳边，倾听它来自天堂的声音。

我回过神来，是书捧在手上，文字是一行行台阶，我在攀登着，向那文字中隐藏着的雪峰攀登。

夜里，我做了一个梦，梦见长长的墙壁上，开满了各种花朵，先是一丛两丛，有菜花、野雏菊等，五颜六色。我沿着墙壁走，墙壁越来越长，花朵越来越多，这些花朵在风中摇曳着，我想如果把这面墙小心地剥下来，这就是一段开满鲜花的小径了。

告别的舞蹈

从都拉洪草原上下来，接待方就把我们安排在一个蒙古包里吃晚饭。蒙古包在一片草地上，四周是耸立的群山，虽然是炎热的夏季，但山顶上还覆盖着银冠似的白雪。

蒙古包里铺着地毯，按规矩，我们在门口把鞋脱了，赤着脚进去。包内长条的桌子，摆成曲尺形，上面放满了酒和菜，桌子的两边放了毡子，大家就盘腿面对面地坐着。

我在门口的一个毡子上盘腿坐下来，掏出小本子，抓紧时间把一天来的感受，三言两语地记下来，免得忘了。

开饭了，蒙古包里顿时就沸腾起来。大家开始喝酒、吆喝、唱歌。

"你在写什么呀?"一个女子的声音在我的耳旁问。

我抬头一看，是小曼。小曼穿着白色的裤子、红色的外衣，戴着一副眼镜，文质彬彬的。小曼是县里的工作人员，这次是负责来接待我们的，通过一天的接触，我们都认识了。

我把原因给她说了，她在我的旁边轻轻地坐下来。见我写完了，她腼腆地说，我切羊肉给你吃。我高兴地说，好啊。

桌子上放着一大盆水煮羊肉，她取出压在羊肉下面的那把锋利的小刀，她右手握着刀，左手拿着一块腿骨，娴熟地把刀刃轻轻地切进去，张开拇指压住羊肉，轻轻地一割，一块羊肉就割下来压在刀片上了。她仍用拇指把羊肉压在刀片上，递到我的面前，说，这是羊腿上最嫩的肉，你尝尝。我用手接了，放进嘴里，咀嚼起来，果然鲜嫩喷香。她在旁边看我愉快的样子，自己也愉快起来。然后又用刀去割一块腿筋，说，这是最禁嚼的，牧民都喜欢吃。我接了，又放到嘴里。

接着蒙古包里掀起一阵阵热闹，我们静静地坐着。她告诉我切羊肉的规矩，说切羊肉时，刀子应当对着自己，不能向外。她轻声地说着，不停地把羊肉切下来，送到我的面前，我接过来的是一小块一小块幸福。她的手指是细长的，由于切羊肉，沾上了一层淡淡的油腻。她转动的眸子里，有着赛里木湖水的明亮、宁静，她眼镜后面的面孔上，散落着几处迷人的雀斑。

很快我就吃饱了，她劝我说，这里的羊肉好，这些羊都是放在山上的，不是饲养的。她说这话时，让我想起一路上看到的，牧民们散放的羊群立在悬崖上，静止时，就是一块石头，活动时，才能看到是一个生命。

我只有接过她递过来的羊肉，吃了下去。

我劝她也吃一些，她也割了一小片，放进嘴里慢慢地嚼了起来。我们的目光相碰时，她笑了一下，低下头去，又切了一小块羊肉递过来。

一只羊腿吃完了，小曼拿起另一块羊排要切给我吃，我实在吃不下去了。

这时音乐响起来了，大家开始跳舞。她也站起来，伸过手来，邀我跳舞。我实在不会跳蒙古舞，就摇了摇手。她隔着桌子，就在我的面前跳起来，她又着腰，抖动着肩膀，腰肢柔软，她回过头来，朝我莞尔一笑，然后，又旋转着转过身去，张开的双臂，像雄鹰展开翅膀，婀娜多姿。一会儿她蹲下身去，又抖动着身子慢慢地站起来，微笑着，向我伸出一只手来。我坐着，已经看得痴迷了，我知道，只要伸出手去，她就会牵起我的手。但她伸出的手又空着缩了回去。她双手叉着腰，更有力地抖动着肩膀，摇摆着腰肢。当她远离我时，又立即舞蹈着回到我的面前。

音乐停下来时，大家都回到自己的座位上，她像一片云飘落在我的面前。

我倒了一杯酒，对她说，我敬你。她双手推辞着说，不能喝。我说，你就喝茶当酒吧。她端起面前的一杯茶，我们碰了一下，一倾而尽。

我又倒了一杯酒，对她说，你看看酒里有什么。她伸过头来看了一下，疑惑地说没有东西啊。我说，你的眼睛在里面了。她的脸腾地红了。我又把杯中的酒一倾而尽，我沉醉在"对酒当歌，人生几何"的意境中。

时间不早了，酒已喝到酣处，有的人已喝醉了，踉跄着，也顾不得穿鞋了，就冲到外面去吐酒了。有的人还没尽兴，满桌子找空酒瓶贴着耳朵摇晃，听里面还有没有酒，如果还有酒，就兴奋地倒出来，边喝边吆喊起来。

我走到屋外，看到湛蓝的天空还是明亮的，如果在内地，这个时候已是深夜了，但在新疆天还亮着，远处的山峰上，皑皑白雪和皎洁的月光映衬着，纯洁、精粹。灯光明亮起来，照得草地碧绿的，有了梦幻的色彩。

大家在宽阔的地坪上集合，我们就要上车了。在草坪的一角，我又见到小曼了。她在月色下，更有了神韵。我说，你的舞跳得真好。她笑了，一抖肩膀，就在我的面前跳了起来，柔软的腰肢，飘扬的长发。她一回头，眸子里的一星明亮在我面前闪过。没有音乐，没有掌声，小曼跳得一样投入。我知道她是在和我告别，身子里有着无限的留恋。

　　我不想让这舞蹈停下来，但天下哪有不停下来的舞蹈？

　　上车了，大巴的两道光柱划开沉沉的黑夜，在山路上奔驰。我的眼前老是浮现着小曼的舞姿。在这遥远的天山脚下，在这异地他乡，我的心几乎忘了归程。

一座孤独的山

你是孤独的吗？

经过每一块石头我都要停下来叩问。

你是寂寞的吗？

经过每一块石头我都要停下来抚摸。

石头是那种白色的，坚硬里夹杂着细小的颗粒，有紫色的纹路纵横地呈现出来，似跳动的脉搏。

这是山吗？

这是山，它的名字叫小孤山。

深秋时节，我们去宿松县开笔会，其中有一项活动就是去看小孤山。在没去小孤山前，我就在一家小饭店的墙壁上看到了小孤山的招贴画。小饭店的墙上布满了油渍，招贴画也是脏的，画面上，小孤山矗立在一片白色的江水中，四围没有一座相呼应的高处。画面下方是年历，空白处写着许多歪歪扭扭的电话号码，我站在画前看了好久，感到诧异不已，这真是生命的奇迹！它是从群山中逃出来的吗？还是被群山遗弃了？它处身在这片江水中，断绝了四处的道路。

现在，接待的人说要去小孤山，我的心就动了起来，我多么迫切地想走近这座山啊！

车子从宿松县城出来，沿途都是滩涂平原，这里的农家都以种植棉花为主的，广阔的田野上，是无边的绛黑色的棉花地，在视野里有着沉闷的感觉。车子上到江堤，视野就开阔多了，江堤离江边忽远忽近，近时可以看到江面上的船影，远时只能看到一片江滩，仿佛长江已经消失，这样走着走着，忽然在视线的前方，就看见了一座山孤独而决绝地矗立在江边，白色的岩石在阳光下，有着明亮的洁白，我在心里暗暗地惊唤了一声：小孤山。这时，我视线里的世界已不再是俗世，而是充满了神奇，看田地里的牛也不是凡间的，看路上的行人也不是凡间的，是这座山改变了我的感觉。

车子离小孤山越来越近了，山势也越来越清晰，直到突兀地出现在眼前。小孤山独立着，就像一个行者忽然在旅途中伫立下来，使道路也到了尽头。

车子停下来，因为现在是枯水期，从岸边可以直达山脚下，我们一行人下了车，就沿着新开的台阶上山去。路过了庙，路过了香客，我都没有停下脚步，因为，有一个声音在呼唤着我，让我匆匆地登临。山不高，很快就到了山顶，我站在这里四处望去，一片空茫，山脚下三面是浩淼的江水，一艘货轮像一片树叶从远方漂来，漂到山脚下，然后又向远处漂去，石头是壁立的，如斧斫一般，江边是被江水不断打出的层层弧线的沙滩，再远处是一片苍苍的天空，在江的对岸有一片山，但隔着宽阔的江面。虽然我来之前也听朋友说了关于小孤山与小姑子的传说，但这不是我来小孤山思想的终结。我想从中寻找出与我们精神对应的东西，这是什么呢？

朋友们都走远了，显然我这样寻寻觅觅已经掉队，这个季节游人很少，身边一片寂静起来，一个孤独的人与一座孤独的山相对应着，相互寻找着，山坡上树木的叶子已经黄了，枝头是稀薄的，岩缝间的杂草枯萎着，小孤山呈现出来的是寂寞的、幽深的、苍古的风韵。我忽然感喟，群山带给我们的是热闹的街市，是一个山头比一个山头高的虚荣和在紧张的空间里的竞争，但一座孤独的山，它带给我的是宁静，是思考，不问归途不问源头，它就选择在这个时间、空间和地理上独立着，因为这个结构几乎可以满足他全部的心灵、物质和精神的需要。

我凝视着眼前的石头，一遍遍地叩问，一遍遍地抚摸。

下山了，有捷径可以直达山下，但我不想那样走，一个人围着山腰的石阶转着走，我像藏民图腾雪山一样，绕着小孤山而下。

下到山脚下，是最后一块巨大的石头，它像一面巨大的墙壁迎面而立。朋友在呼喊我了，我赶紧拱手与小孤山告别。

第二辑

烟火集

天　折

一

　　自从我住的那幢筒子楼被拆迁之后，就搬到矿医院旁边的这幢平房里来住了。据说那幢筒子楼拆了后，将盖一座漂亮的小楼，但这是矿领导住的，我们这些拆迁户再也回不去了。

　　平房有些年头了，外面红色的砖头赤裸着，里面白色的墙壁已经发黄，房屋空间宽大。这里住着几家工伤家属，那些工伤的人，每天坐着三轮车子，出出进进，看了让人感到异样。才搬过来住时，我还不适应，有几次下班，还骑着车子往老房子那儿跑。直到走到跟前才想起，这儿已不是自己的家了。站在那里，我仿佛从豁开的门洞里又看到女儿跑进跑出的小小身影，我惆怅了一会儿，才骑着车子离开。

　　这排平房的南面是一片荷塘。夏日里一片碧绿，硕大的荷叶层层叠叠，有雨的夜晚，雨点仿佛打在千朵万朵的雨伞上，发出噼噼啪啪热闹的声音。第二天早晨，荷塘里升起了朵朵粉红色的、白色的、黄色的荷花，真让人浮想联翩那里面曾经诞生出一位美人来。

　　平房的北面隔着一堵院墙就是矿上的医院，搬过来后，我经常听到从医院里传来的哭泣声，有男人如牛哞的号啕，有女人呼天抢地的哭诉，才开始时，我还不习惯，但慢慢地就适应了。比如说，有一次矿南头的一位婆婆和媳妇吵架了，婆婆带着小姑把媳妇打了一顿，媳妇觉得暗无天日了，一气之下，就在婆婆的碗里下了毒，婆婆吃着了，送来医院里抢救，一边是塌了天的哭诉，一边是派出所里的人来来去去地调查，气势很吓人的。

我住在这儿，时常门被同事敲开，他们是来医院开病假单，有时找不到医生，就到我家里来坐坐，聊聊天，喝喝茶，这样叙着叙着也就说出满腹牢骚，什么张三李四的，我听了觉得挺新鲜的。

今天晚上，我吃过晚饭，正在家里看电视，隐隐听到医院那边有女人的哭泣声，我关小了音量，再认真一听，果真是一个女人的哭泣，声音弱弱的，起伏的，断续的，像在一场悲伤之中。然后，我把音量调高，继续看电视，但一会儿，女人的哭声又高了起来，我听惯了医院里的哭泣声，但感到今天这个声音有点不同，便关了电视去医院那边看看，到底出了啥事。

我关了门，趿拉着鞋走出来，天空是沉静的黑，月亮只有一条快要被黑暗吞没了的边，星星散乱着，像撒在地上喂食小鸡的米粒。绕过一截院墙，就到医院的大门口了，我弯下腰把拖鞋里的小沙粒倒了下来，走进去，是医院的急诊室，门头上悬挂着一个不大的电灯泡，平时总是昏黄地挂在那里，现在，灯光下聚集着一圈人，我一看就知道是在抢救人了，女人嘤嘤的哭泣声就是从那里传来的，现在听起来更加真切了。

远远的，我看到几个穿白大褂的医生和护士，正在往躺在床上的一个人的口里灌水，这又是一个喝农药的人。

我从人影中看到躺在床上的是一个不大的孩子，心里惊了一下，自尽是大人的事啊，难道这么小的孩子也看破红尘了？

忽然，一个身影冲到我的跟前，我一看，是秀丽，吓了一跳，秀丽是我的朋友老高的妻子，只见她满面泪水，头发蓬乱着，神情沮丧地拉着我的手说："大兄弟不得了了，地震喝药了。"

地震喝药了！我的心头一惊，地震是他们的小儿子。我赶紧到近前一看，床上躺着的正是地震，他的身子显得如此地弱小，眼睛紧闭着，全身已经湿透了，一根塑料软管伸进他的嘴里，一位年轻的医生正从喇叭形的漏斗里给他灌肥皂水，地上吐出的水里散发着一股浓浓的农药味道，流了一地，一位年轻的护士在旁边给医生做着助手。

秀丽把我拉到一边，刚一说话，泪水就又下来了，她嘤嘤地抽泣着说了事情的经过。地震口袋里有五十元钱，被秀丽洗衣服时掏出来了，秀丽问他从哪里搞的这么多钱，他说是从家里偷的，秀丽一听就生气了，把他关在屋里让他写检查，并对他说，回来看你爸不打死你！秀丽也只是想吓唬吓唬地震，自己就去厨房里做饭了，地震可能认为这下子不得了了，不知怎么就在屋里找到了上次打虫用剩下的半瓶农药，喝了。地震喝了药，就跑过来，拉着秀丽的手，要她抱抱，说他心里好难受。秀丽嗅到了他嘴里的农药味，吓死了，问他是不是喝药了，地震望着她点了点头。

秀丽"妈呀"地叫了一声，又恨又疼地抱着他，地震虎虎的额头上已有了汗水，眼睛的胆怯更加深了，秀丽扔下手中的活计，领着他就往医院里跑。到了医院，医生马上开始急救，一边搅好肥皂水，一边配解救的针剂，地震看到肥皂水，拿起瓢舀了就喝，一口气咕咚咕咚地喝下去，又哇的一声吐了出来，然后，地震抬起头喘着气望着秀丽，他大概认为这样吐了出来就没有事了。

秀丽蹲下身子用手抚去他额头上的汗水，哭着说："儿子，不行，还要喝。"

地震说："妈妈，好难喝。"

秀丽的泪水又哗地流了下来。这时，地震的叔叔和门邻听到情况也赶来了。

医生和护士把急救床抬到门外，把地震放到床上，这时地震的面色开始发白，神情已黯然下去，他望着秀丽，秀丽说："儿子不怕，一会儿好了，我们就回家。"

年轻的医生，拿着一根软而粗的塑料管子从地震的口中，插到他的肚子里，用明亮的铁钳撑在他的牙齿间，高高举起另一头的喇叭口，开始洗肠。

这时，我明白了眼前发生的一切，看着慌张而焦急的秀丽，我安慰她说："嫂子，你要镇静，医生不是在抢救吗，地震不会有事的。"

秀丽跺着脚说："地震要是有三长两短，叫我怎么活啊！"

我问："高哥呢？"

秀丽说："他上夜班去了。"

我问："他还不知道吗？"

秀丽说："给他打电话了，过一会儿他就要回来了。"

我走到抢救的床前，只见地震躺在上面，头歪斜着，嘴边的水不断地往外流着，衣服已经湿了，他的眼睛紧闭着，已经神志不清了，我的喉头不禁紧了一下。

医生喊："来人帮一下忙。"

我和地震的叔叔走上去，按照医生的要求，分别按住地震的四肢和头部，因为床上固定用的带子都是给大人用的，地震用不了，只有用人按着，这样孩子就不能动弹了。

医生继续给他灌水，每灌一下，地震的四肢都要蜷缩一下，像柔软的橡皮。

过了一会儿，朋友老高喘着气跑了过来，他一眼看到床上的地震就痛苦地号叫了一声："我的儿啊！"

大家都劝老高说，"不要这样，正在抢救哩。"

护士开始给地震吊水。趁这间隙，医生把老高叫到一边，给他说起抢救的情况，老高镇静下来，求救地说："一定要救活我的儿子。"

秀丽见到老高，哇地蹲下身子哭了起来，老高用力把她拉了起来，问她是怎么搞的，女人开始给他说了起来。末了拉长了哭声说："这儿子怎么这样糊涂呢？"

过来几个人就劝老高说："你俩要好好配合医生，谁也不要怪谁了，现在救孩子的命要紧。"

医生翻开地震紧闭着的眼皮，用小小的手电筒朝里照着，然后看了腕上的表，对护士说着，护士记录着。

接着，又开始了新一轮的抢救，医生从桶里舀起一瓢水，朝喇叭的口里倒下，水沿着管子慢慢地进入地震的身体，地震的肚子鼓涨起来，接着头一歪，流进去的水从他的嘴里流了出来，肚子跟着瘪了下去，四肢蜷缩一下。如此循环着，那位年轻的女护士，用手慢慢地按抚着地震的腹部，亲切，温柔，充满着年轻女性的母爱。老高按着地震的头部，轻轻地呼唤着："地震，你难受不？你难受不？"

有时，地震分明是在挣扎，他被紧按着的四肢抽动了一下，似乎证明着他强烈的痛苦。但他的力量太弱小了，像一片雪花落在水里迅速化为虚无。

我看着像青蛙一样摊开着四肢的孩子，忽然想起古代的许多酷刑，那种受害人的反抗，在强大威力下，是不堪一击的，只有痛苦地接受。我想起在乡下时，有一位妇人，因为喝了农药被灌注时呼天抢地的求饶声，她请别人不要再灌了，她今后当牛作马也不喝药了，可没人听她的，有时话刚到嘴边便被灌来的水压了下去，后来，这位妇女被抢救过来了，她说，用什么法子死都不能喝农药。地震是被妈妈牵着手跑过来的，而不是像其他寻死的人是被众人七手八脚地抬过来的，那一刻，地震是多么渴望生啊，他主动地喝水，要把肚里的农药吐出来，他要和妈妈回家去。地震啊，你怎么这样糊涂呢？

老高看着地震受刑一样，按不下去，他离开了，换上地震的叔叔来按地震的头部。

由于地震不停地挣扎，吊液的地方老是起包，阻碍了药水的流动，医生商量了一下，只有用手术刀切开他的动脉，把针头直接插进他的血管。

医生安排护士去找麻药，过了一会儿，护士说只有这一瓶了，医生一看剂量不够，气得不行，嘟哝了几句，把麻醉药在孩子的脚踝处注射进去，皮肤上立刻鼓起了一个小包，医生用明亮的手术刀划开，鲜血顿时水一样地涌出来，护士不停地用药棉轻轻地擦试着。

疼痛大概传导给了孩子，孩子明显地挣扎起来，这使我惊讶不已，经过了这么长时间的摧残，我原认为孩子对疼痛已没有了感觉，现在，他还强烈地感受着，那么这样长时间的折磨，他是否是明白的了，这是多么可怕。医生对身边的人说，按紧按紧，于是，孩子的挣扎消失了，变成了一丝丝颤抖，连续的，不断的，通过我紧按的手传到我的全身。

我的眼睛一下子酸楚起来，我对地震轻轻地喊："地震，你一定要勇敢。"我相信孩子能听到，我要鼓励孩子，挣脱死亡的大手，逃出死亡的大门。

医生把细长的手术钳子伸到划开的口子中，从里面挑出纷乱的筋、脉管、纤维组织，细心地寻找那根重要的血管。

孩子的血管很细小，寻找很费力，不行，只得再划一个十字形的口子，终于找到了，那根细细的蓝色的血管，蚯蚓一样潜伏在肉体的深处被挑了出来，医生用剪子一剪开，鲜红的血液就喷射了出来，这是我第一次看到血直接从血管里喷出来的情景，我的心软了一下，把头偏向了一边。医生把一根细长的金属针头的尖子剪去，然后，深深地插入孩子的血管，再用胶带扎好，药液开始从透明的胶管里一滴滴地流入孩子的体内，大家都松了一口气，对这药液寄予了无限的希望。

灌完了两桶半水之后，医生说，这已是成年人的用量了，决定停下来，观察一会儿。

大家把孩子连床抬进室内，秀丽走过来，用手轻抚着孩子的头部，然后，她俯下身去，用脸孔轻拭着孩子的额头，轻拭着他的脸面，一遍一遍的，额头上的那缕头发垂下来了，轻轻地划在地震的脸上。秀丽抓起地震的小手，抚着自己淌满了泪水的脸，喃喃地说："儿啊，儿啊，你还这么小啊！怎么这样糊涂呢？妈妈不怪你，妈妈是吓唬你的呀。你睁开眼看看妈妈好吗？只要睁一丝丝的缝就行了，儿啊儿啊，你听到妈妈的话吗？你痛不痛啊？"

众人帮着秀丽脱去孩子身上湿透了的衣服，地震的四肢松软着，如用面粉揉出的四根面条，任凭着大人的摆布，看不出一点骨骼的支撑。

秀丽用干爽的衣服，在地震的身体上一点点地擦拭着水渍，孩子的皮肤松弛着，蜡黄蜡黄的，没有一丝血色。

然后，秀丽小心翼翼地把地震放平在床板上，盖上从家里带来的崭新被子，被子上面印着大红的花朵，盛开着，像一张张笑脸，花朵下，是无边的红色，浓烈喜庆，现在，孩子覆盖在下面，小小的形状仍保持着痛苦的姿势，秀丽给他掖了掖。

地震在室内白炽灯光下昏迷着，医生过来要检查他的瞳孔，发现他的双目紧闭着，医生用手扒了几下也没有扒开，母亲便轻轻地唤他的名字："儿啊，睁睁眼，让妈妈看看。"这声音是温暖而熟悉的，大概传进了孩子的意识里，这一次，医生轻轻地就扒开了他的眼睛，然后对记录的护士平静地说："瞳孔继续扩散。"

医生给地震输了氧气，然后，到了里面的房间里，研究是继续抢救，还是立即转院。

　　我和老高蹲在屋外的灯光下，抽着烟，我说："高哥，你不要急，医生会有办法的。"

　　老高说："唉，我的心里如刀绞啊，这孩子怎么就不睁开眼呢？"

　　我说："你也不要怪嫂子，孩子也是她的骨肉，她哪能想到这么多？"

　　老高挪了一下身子说："我不怪她，你回去休息吧，你辛苦到现在，明天还要上班的。"

　　我说："孩子没抢救过来，我不放心。"

　　老高说："我们都在这儿看着，估计没有什么大事，如果有事再喊你。"

　　我趿着鞋回家去了。

二

　　第二天一早，我就到医院里打听地震的抢救情况，急救室里昨晚值班的护士还没有下班，她美丽的面孔上还带着倦容。她说，那孩子没有抢救过来。

　　听到这里，我的腿一下子就软了。

　　按当地的风俗，老人去世是要戴孝的，但孩子夭折了，不能这样，我从家里拿了一百元钱，去看望老高夫妻。

　　沿着那条窄窄的水泥路往工人村里走，看到老高的房子了，感觉被一股凝重笼罩着。

　　进了门，老高家里坐了许多人，我都不认识，大家都沉默着。老高见我来了，从椅子上站起来，迎面拉着我的手，哇地号了一声："我的地震没了。"

　　老高的哭声干裂短促，像一棵老树在风中折断，没有过渡的起音没有停止时的尾音。

我的眼里就湿润了，我紧拉着老高的手说："高哥，你不要这样，地震走了，我都知道了。"

几个人上来拍着老高的肩膀说："甭这样甭这样。"老高戛然停下，然后用大手抹了一下脸上的泪水。

没有一丝痕迹，空间又恢复到正常。

我找了一个板凳就坐下来了，大家开始纷纷劝说老高。

"老高啊，你应当要想开点，你疼地震，地震不疼你哎，要不，他为什么舍得下你而走了，你还上有老下有小的，要过日子的，你现在就跟地震去了，他可能再活过来？"

"老高，你不要挂念他了，你知道他去投生哪一个富贵人家了，十八年后，不又是一个好汉吗？你非要他在你的身边干啥呢？"

老高的岳母坐在一个角落里，嗓子已经哑了，说："过去，哪家不走好几个孩子，那时人穷，又不计划生育，现在生活好了，又计划生育了，小孩才金贵的。地震哪个不疼他——老人说着说着就说不下去了。"

老高说："妈，我不伤心了，你也不要伤心。"

坐了一会儿，老高对我说："你嫂子在里屋睡哩。"

我走进去，秀丽睡在床上，床边上坐着几个女人，秀丽一见我进来，就抽搐着嘤嘤哭泣起来，说："大兄弟啊，地震走了，我这个妈对不起他啊。"

我上前走到床边说："嫂子，我知道了，唉，他小孩子哪知道农药的厉害呢？"

坐在床边的女人就纷纷安慰秀丽说："不要伤心了，不要伤心了，你一伤心我们都难过。"

秀丽一边拉着人家的手，一边诉说着地震的好处，女人经不住感染，就扭过脸去，泪水哗哗下来，然后擦了，再对她说："他现在走了，还不害人，要是给他娶了媳妇，有孩子，他再走了，不但害你，还害了人家闺女哩，马庄马老二不就是这样，自己上吊死了，留下媳妇孩子，叫人家活不能活，死不能死的，现在地震就一个人走了，谁也没害到，好哦。"

女人们劝秀丽："你要吃饭，你一天多了滴水不进，身体搞坏了。"

秀丽说："我不能吃，一吃就吐，这是菩萨在报应我哩。"然后，秀丽拉着我的手，念叨着昨天夜里让我受累了，帮忙帮到那么晚。

我说："嫂子，那算什么，不要说了。"

从里屋出来，我坐下来，大家说了一通地震的好处之后，又开始说起最近他的反常现象，人一迷茫的时候，就会迷信起来。

这个地震过去从不出门，前几天怎么一个人跑好几里的路去到另一个街上玩？

他要那五十元钱干啥？一个小孩子家又没有什么买的。

唉，这是天意啊。

有人忽然联想起前几个月老高家厨房失火的事，那次火虽然不大，发现得早，很快就扑灭了，没有什么损失，但仿佛是这件事的兆头，大家都恍然大悟。有人出主意说，李村的二孩看风水灵，不妨叫他来看看，方圆几十里的地，都找他看哩，他能破掉这种灾。有一次，二孩去一个人家玩，人家的小孩子正在床上发热，抽搐，脸发紫，眼发直，大人看着吓死了，二孩见了说，小鬼正在偷他的生命簿哩，快拿条把来让我打，如果晚了，小孩就没救了。二孩用条把在屋里一阵乱抽，哎，小孩过来了，你说灵不灵。

头庄有一个小伙子，经常头疼脑热的，吃了多少药治不好，找二孩看，二孩看了，对他说，你的病很简单，上次你在西山厕屎时，蹲的地方有一棵手指粗的小石榴树，你去把它拔了就没事了，就是它在坏事，这人找到十几里外的西山，在厕屎的地方一看果真有一棵小石榴树，你说准不，拔掉后，真的就没事了。

一位老人走过来，给老高安排说："到了第三天，地震要回来找家的，你们不要不信，年纪大的人都见过，晚上，你在门坎上倒点锅灰，第二天天亮准能看到地震的脚丫把子。"老人精瘦的，抽着旱烟，身上散发着浓烈的烟草味。

老高低沉地说："那我要见见我的儿。"

老人说："不能见，要避开，他已是阴间的鬼了，千万要避开。"

老高说："我儿回来我不能躲啊，要不他就找不到我了，我也看不到他了。"

我听着，心里凄凉起来，这一夜之隔地震就不能见了，但这是生者对死者的思念和死者对生者的思念啊。

老人继续说着人间与阴间一些神秘莫测的事来。

我坐了一会儿，把一百元给了老高，老高推让了一下，已没有了力气，就顺手把钱放在了桌上。

我和老高道了别，走到街上，街上车水马龙的，一个时髦的女孩子，从我的面前走过去，路边的小超市里，飘出一阵阵甜美的歌声。明亮的阳光下，我感到十分地疲软，在一个僻静处蹲了下来。

下杜村

故　乡

"环村皆良田也。"

这句话是模仿欧阳修的，但用来说明我的故乡下杜村最省劲。

下杜村是一个小村庄，它的东边有一边弯弯的河流，河水被分割成几段，每个河段里都有一个很土的名字，如升田、下潦沟、老大坝、小河湾等，这只是故乡口头上的叫法，还没有形成过文字，不知道我这样写对不对。下杜村的西边也是一条河，但也没有一个学名，因为河面宽阔，河水源远流长，乡亲们就叫它大河。东边的河和西边的河在村子南边汇合，然后，滚滚地流向远方。这些河里流淌的是乳汁，一代一代的人，就在这条河边繁衍生息。

这块土地同样也养育了我，但回想往事，我曾经对它是那么地叛逆。我的整个青春期，就是一心想脱离这块土地。那时，我对下杜村写过这样的句子："如果它是一艘船，我要潜到水里去把它凿穿，让它沉没；如果它是一只风筝，我要剪断手中的绳子，让它飘得无影无踪。"我不能去看这片黄土地，我甚至不能看这片土地上生长出来的庄稼，我觉得它们都是我的呕吐对象。走在金黄色的油菜花地里，我使劲把沾在身上的黄色花粉打去，感不到一丝诗意。只要一切与泥土有区别的东西我都喜欢，譬如石头，这种东西是多么符合内心里的想象啊，在连阴的雨水中，保持着坚硬和光滑。譬如飞机，它们时常从村庄的上空轰鸣着飞过，带给我无尽的遐想，它降落的地方，一定是远离黄土的地方。可我发现，我越想脱离下杜村，它反而与我胶黏得越紧，这使我很绝望。

我开始越来越叛逆了，我甚至不能与我的父母说话，我与他们有了语言上的冲突，常常把颈子犟得硬硬的，为此，没少和父母怄过气，父亲想用他的暴力来征服我，但只能使我的皮肉受到痛苦，而丝毫不能改变我的内心。孤独时，我常到河边去散步，去呆坐一会儿，清亮的河水就在我的眼前轻轻地荡漾着，不能带给我任何荫庇，但河流是那个时期我唯一可以说话的人，我从河边再回来时，心里便平静了许多。

我的内心里充满着痛苦，大人们的心里却是一片平静。他们在这片土地上日出而作日落而息，把每一块庄稼地都打扮得像一个要出门的小姑娘一样漂亮。他们不能待在家里，他们把能不能下地干活，作为衡量一个人生存的标准，如果说某某人不能下地了，那么这个人就是一个废人了；一个生了大病的人，他一站起来，首先就是踉踉跄跄地扛着农具下地去，这就等于给大家一个亮相，啊，瞧我好啦，没事啦。而我有着全身的力气，却喜欢待在家里，这个时期书籍是我最好的伴侣，我觉得这里面有我的寄托，但从书中抬起头来又感到十分迷茫。我不停地读，不停地写，而不愿意到地里走一步，在乡亲们眼里，我似乎也是一个废人了。记得有一次，我徒步到十几里外的区文化站借了一本巴金的《家》回来看，父亲知道后，气愤地将书撕成了数段。为此，我们大吵了一番。

许多年前，村子里有一位长辈，去县城工作后，就再也没有回来了，甚至连他的母亲去世也没有回来过，他的兄弟们都不认他了。我虽然没见过这个长辈，但我想象着他的内心世界，是不是与眼下的我一样：与下杜村的决绝、叛逆。

终于，我离开这片土地，到城里工作了。多少年后，我的人生经过沉淀、淬火，下杜村这个名字在我的心头呈现出另一种意象来，它不再是我曾经叛逆的土地了，它是我的教堂了，在土地上劳作的乡亲们就是我的牧师了，村庄里的喧嚣就是我的雅歌。我每次回家探亲，都要到田地里去走走。看看绿色，看看村落里的老房子，想象着我的童年。村子里，那些老人们一个一个悄然离世了，和我一同成长的女孩子们都远嫁他乡了。又成长起来的年轻人，他们面孔陌生着，身体愣愣地擦肩而过。我不知道他们的青春期是否与我一样，正汹涌着对故乡的叛逆。

下杜村坐落在肥沃的土地上，和千千万万个村庄一样简朴、安详；现在我可以呼它为故乡了，这个金质的名字是我用近二十年的时光打磨出来的。

田　地

村子向南的田块，我们叫南冲。

北冲的土是黄泥，一下雨稀烂，半个月不下雨，硬得像石头。东冲的地是高坎，水头上不去，只适合种旱作物。唯有南冲的地，一片平整，三面是河水，像一块冲积平原，灌溉方便，最宜种植水稻，是村里最金贵的土地。南冲收不收庄稼，是村子年景好不好的标志。

去南冲有一条笔直的田埂，一直往南走，快到小河边了，那里的土，是白土。如果下雨，雨一停下就是干的，赤着脚走在上面，不黏，光滑滑的舒服。这白土还有一大功效，就是农家装潢房子用。

那时，村子里盖的大多是土房子，房子盖好后，一般要把屋内泥光滑，村里的人，就去南冲挑白土泥回来，和成稀泥，往墙上一抹，干了后墙上就是白的了，好看。

南冲的地里，还有一个特点，就是瓦砾多。农人最怕这些东西，有时，随手捡起来，就往田埂上一扔。这些瓦块全是陶的，上面有着方格的纹饰和壶足之类的东西，我们童年时，经常用这些瓦块做撒老窝游戏。

工作了，经常参加一些采风活动，有时去博物馆看古迹，看到许多博物馆里，有这种陶器，就和我们村子里的瓦块一样，恍然大悟，难道村子里的这些瓦块，也是有来头的。

初冬，我回了一趟老家，找了昌奇兄，去南冲考古了。

我慢慢地走着，听昌其兄给讲许多和这些瓦块有关系的故事。去年夏季，他挖菜地时，曾从地里挖出一个陶罐，被他一不小心打碎了；夏天插秧时，有位妇女曾在水田里拾起一块陶片，上面刻着半条鱼纹，大家相互传着看，看后又扔了；前年，村里冬修水利时，曾在一块不足半亩的凹地里，挖出五口水井，这是几辈人都没有提起过的，他们抬出一个完整的绳纹井栏，又挖土填了。小坟上，过去有一片老树，也不知何年何月栽，从十里外的岗上下来，首先看到的是这一片树林，直到 20 世纪 50 年代，才被村里的一位老人锯掉，其中，一个老鸦窝就够烧了一顿饭，一块板就可做一扇门。

河堤旁，田地里，各种瓦片俯拾皆是，我们认真地挑选着，很快就拾了半篮各式各样的绳纹陶片，有罐口，有罐底，有装饰陶片等，每发现一种不同的陶片，我们都拿在手里玩味半天。在河沿一块坍塌的土层里，我们挖出了许多相同的陶片，经过认真拼凑，竟拼出半个陶罐来，惊喜不已。

傍晚，我们提着半篮陶片回家，乡邻见了，大惑不解。

回合肥时，我带上几块有代表性的陶片，找到合肥市博物馆，一位姓彭的研究员接待了我，并首肯，这是战国时期的陶片，那里有许多陶片，说明那里肯定是一个古老文化遗址。

回来后，我把这些情况对乡亲们说了，大家都惊诧起来，原来他们日日耕作的田地，却是一个古迹。

这块土地，究竟存在过什么文明，后来为什么又消失了呢？

冬天，他们坐在阳光下晒太阳，对这片土地充满了想象，是他们聊得最多的话题了。

民 歌

那是一个初夏的上午，母亲让我去大方田车水。我拎着水车把，一出门，就是一片农田，田里的秧苗绿油油的，一片生机蓬勃，仿佛能闻见秧苗散发出来的青春气息。这个季节秧苗喝水，就像能吃的孩子，所以，田里经常干了要上水，是农家的常事。我顺着一条田埂走到头，转一个九十度的弯，再走另一条田埂，我就这样在秧苗中的田埂上曲曲拐拐地穿行，然后，经过一片茅坑，茅坑矮矮的土墙，在阳光下晒得发白。我经过时的脚步声，惊动了一位妇女，她提起裤子站了起来。

大方田在河边，由我们五家伙着，中间隔着一条粗绳似的田埂，但已被秧苗掩埋了。我到时，先余、小木匠、五老头已先到了，他们已把水车架好，长长的木水车，黑黝黝的，趴在田埂上，头翘着尾巴插在河水里。他们每个人手里都提着一个水车把，正站在田埂上等着我家来人，就可以干活了。没想到，我家是让我来了，尽管那时我已是青春勃勃，一身孔武有力，但在他们看来，还是一个孩子。他们失望地撇撇嘴，他们可是整劳力的。好像我的父母就好占人家便宜似的，其实，我家劳力少，父母实在是分不开身。

水车头两边各有两个铁棍打的弯把，我们四个人，两人站一边，把车水把的孔子套上去，就开始车水了。四个人一用力，木头的水车叶子有序地往下滚动着，再从底下山来时，就拉州了一股清清的水流，流进了田里。水车的声音在寂静的田野上，哗哗啦啦地响着，孤单，沉闷。四个男人站在阳光下，似乎是田地上的四棵树，结实的胴体里饱满着农家的激情，正在透过这一架水车，发挥出来。一会儿，不知是谁一发力，顿时其他三个人也感觉到了，一起用劲，水车像加了油门的车子，快速地转动起来。声音骤然响起，车辐转动着看不见了，只看到在阳光下像鱼鳞一样闪光。水流也加大起来，滚滚地流向田里，然后，又顺着秧苗间的缝隙滑溜地流向远处，水浪拂动着近处的秧苗，它们细长青葱的叶片一动一动的，仿佛在欢快地鼓掌。

如此用力地摇动着水车把，一只胳膊累了，迅速换上另一只胳膊，技巧要娴熟。

一股力发过之后，水车又慢了下来。有人提议，让五老头唱一首歌。五老头五十多岁的样子，但在那时我们看来就觉得很老了。他在家排行老五，个头不高，身体精瘦的。他的儿子小老罕和我相差不大，我们好在一起玩。现在，大家让他唱歌，他笑着抹了一下脸上的汗水，说，不会唱了。先余就怂恿他说，能唱的，唱多少是多少。他们是大人，可能相互了解。

我那时，正在听流行歌曲，我搞了许多邓丽君的带子在家听，还没听过村里人唱歌，现在让五老头唱歌，这让我感到新奇，我也跟着说，五伯唱一个。

五老头不好意思地咧嘴笑笑，露出残缺的牙齿，先是轻轻地哼着，似乎是在找调子，接着就高声起来：

正月里什么花，人人喜爱，什么人从学堂双双出来？
二月里什么花，披头散发，什么人在高山赤脚修行？
三月里什么花，满园红了，什么人在桃园磕头结拜？
四月里什么花，张口白面，什么人背书箱天下周游？
五月里什么花，青枝绿叶，什么人去看瓜里逃生？

六月里什么花，满塘白了，什么人骑白马跨海征东？

…………

五老头唱着，水在哗哗地流着。我从没听过这样的歌，我一直认为，唱歌就是像流行歌曲那样唱的。先余和小木匠都听得很过瘾，而我听得似乎不明不白。五老头的声音，断断续续，喉咙有些苍老，但仍不失婉转激情，他的脸上皱皱褶褶，没有一块是光滑的，他握着车把的手，鼓着青筋。唱到"孟姜女送寒衣哭倒长城时"，五老头的声音显得悲伤。

这是我第一次听乡亲们唱歌，他们大部分的时间是沉默的，有时劳动时，喊着哎哟哎哟的号子。

这次听过五老头的歌后，我就一直为这样的歌着迷，我想，这歌肯定是民间的，不是流传的。多少年后，我才从资料上查到完整的歌词，也知道了，这歌叫《十二月报花名》，是合肥民歌，充满着牧歌情调。

这是一次劳动，也给我无形中上了一堂民间文化课。后来，我在全国各地听过多种民歌，不由就想起青春时，在劳动中听到的这首歌，他们不是为舞台而创作的，而是在劳动中诞生的。

现在，和我一起车水的那三位乡亲都去世了，但这个劳动场景还记在心头。

有些歌是歌星在舞台上唱的，有些歌是劳动者唱的。虽然它不流行，但一样有着生命力。

红民校

大概是 1979 年的样子，村子里要搞一个"红民校"，为什么叫"红民校"，我至今也搞不懂，望文生义，是不是红色的农民学校，因为那个时代还流行这些政治词语。"红民校"，用今天来对号入座，可能是识字班之类的东西。老师姓薛，在村子里是一个有文化的女性，但带着几个孩子在家劳动。他的丈夫是乡中学的老师，通过门路，给她搞了一个代课老师的名额。

下杜村分南北两个队，两个队的队长一商量，就出劳力，在村子边盖了几间茅草房子，在土墙上挖了几个窗子，屋子里搭了几排泥桌子，"红民校"就开课了。学生都是本村的，都是一些刚到上学年龄的泥孩子。有十几个，其中就有我的二弟。

"红民校"就薛老师一个老师，她剪着当时最流行的"耳道毛"头型，拿着一截小棍就开始上课了。她是一位代课老师，用现在的话来说，就是没有编制的，她还要参加村子里的劳动，不拿工资，拿的是工分。生产队分草了，也有她的一份，我就看见她背着一捆稻草回家去，路上掉了一把乌黑的草，她停下拾起来，塞到捆子里背着继续走。

在薛老师教的十几个学生中，我的二弟和小兰是她的得意门生，薛老师把这些孩子教到三年级，"红民校"就撤了，这些泥孩子们就转到几里外的村部小学去上学了。到了村里小学，我的二弟继续保持着尖子生，可惜小兰因为是个女孩子，家里让她辍学了。过了多少年后，我的二弟终于考上了一所大学。

"红民校"里能教出一个大学生，也是薛老师的光荣了。

"红民校"停了后，房子空了下来，钥匙装在队长的口袋里。里面放着一些农具。小五害、小眯子、秃计划和我，我们初中毕业要考高中了，学习紧张起来，可家里的学习条件又差，连桌子都没有，三老爷就把"红民校"的钥匙拿来，让我们在"红民校"的房子里做作业。我们趴在这些泥桌子上学习，一时成了村里的一景。

秋季，我们都去上高中了。"红民校"的门又锁了起来。过了两年，村里把这座闲置的茅草房，给了老姑家居住，"红民校"的历史终于结束了。

我高中毕业后，虽然没有考上大学，但在学校时，就发表了几篇文章，人虽然是一个闲人，但名声在外。有一天，村小学的校长找到我，让我在村里开一个识字班。这对于别人可能是天上掉下了馅饼，但我对此兴趣不大，我那时正是青春时期，对外面的世界充满了向往，自己远大的理想还没有实现，我怎么安心在村子里和孩子们打交道而捆住了手脚，我不同意，他们就做我的工作，父母也坚决要我做，我就同意了。

识字班没有房子，就用我家新盖的两间土房子，这两间土房子原来是准备做厨房用的。也没有工资，大概算工分吧，现在我也记不得到底怎么计算工资的了。大队小学部的校长来，在墙上贴了一块红纸，上面写着"下杜教学点：赵宏兴"。这大概相当于"营业执照"了，然后给了几十本书，我就开始了所谓的"教书"。学生都是村子一些到上学年龄而没有去上学的女孩子，她们大多是童养媳，她们自带大小板凳，大板凳做桌子，小板凳坐，有的还背着孩子。

我带着她们先把屋子的卫生打扫了一下，不久村子里就有闲话了，说我让孩子们给自己家干活。在我教的学生中，二勤要聪明点。有一次，她拾到一个弹子交给了我，其实我应当表扬她"拾金不昧"的，但我觉得一个弹子有啥表扬的，又扔了，没想到使她很受打击，在那个贫穷的乡下，除了土坷垃还是土坷垃，能有啥好东西捡的呢？二勤能捡到一个瓷的弹子，已算是金贵的东西了。

我短暂的教学生涯，到底使这些孩子识了一些字，许多年后，她们已成了几个孩子的母亲，还说好亏得当初跟着我识了几个字，当时要多识几个就好了。

这些孩子没有什么心思学习，我也没什么心思教。一学期没教下来，我就走人了，到外地去参加工作了。

从此以后，村子里再也没有开设过识字班之类的事了。现在的孩子们，都随着父母到了城里读书，连村部的小学校也倒了。

我的初中生活

我初中上的是农村戴帽子的学校。

学校还是那个学校，我们上小学时的学校，几排土房子，泥桌子；老师还是那个老师，从小学五年级把我们带上来的几位民办老师。

因为增加了班次，才开始学校里的房子不够用，就租了一户人家的民房做教室，记得里面又有床铺，又有粮食和乱搭的衣服，我们几十个学生，就在里面上课，班主任姓李，因为秃顶，常年戴着一顶帽子，他教书十分认真，就是端着饭碗也要在班里看着我们学习的老师，我那时的学习成绩特别地好，我的每篇作文他都要拿来让抄在黑板上给同学做范文，这使我很有面子，也极大地鼓舞了我的学习积极性，不久，我就被提为小组长了，这是我初中学习阶段做过的"最大的官"。

不久，大队用"四类分子"把新校舍盖好了，也是一排土房子，我们就搬进去了。我们班里的男女同学关系十分亲密单纯，我清楚地记得，有一次，我和一个漂亮的女同学，在班里打闹，追得从这头跑到那头，她生气了，我又去把她逗开心，她起身又追我，我们笑啊疯啊，无比快乐，这是我最怀念的一段时光。

学校里还有田地，一方面用于教学生农业常识，一方面解决老师的吃菜问题，我们每周都有一节劳动课。每到这天，老师就提前布置好我们要从家里带什么农具，第二天，我们就到地上去劳动，我每次用力干活时，老师看不见，我只要一偷懒，老师就看见了，就点我的名字，这真是让人扫兴的事。

上到初二，戴帽中学被取消了，同学们各奔东西，许多同学去了乡中学读书，父亲把我送到了县城的一所中学去读书，因为我的二伯在县城工作，他认识这个中学里一个打铃的教工。城里的学校真气派，一排排的青砖瓦房，高大的树木，宽阔的操场，老师也穿得西装革履，作息时间是打电铃不是我们在乡下的学校敲铃。才开始，我很惶恐，觉得我是乡下那些土老师教出来的学生，能赶上人家洋老师教的学生吗？不久，我发现自己在学习上一点也不比他们差，有的课还超过他们，我的作文仍然受到老师表扬，这增加了我的信心，但这儿的男女生不说话，如同陌路，这让我感到奇怪。但毕竟是城里的学校，也经历过一些乡下学生没有经历过的场面，如有一次，据说是省长要来县城，学校停了一上午的课，组织学生一早就在马路的两边排了几里路长的队，等几辆乌龟壳（我们那时对小轿车的称呼）一来，我们就拍着手喊"欢迎欢迎"。

我在城里上学了，这是我第一次远离家人，开始独自生活，那时我家里条件还不错，每次回来，母亲都能给够我零花钱（后来就不行了）。有一次母亲对我说回来太勤了，我说想家，母亲说想家啥，我说想你们嘛。母亲说不要想，要好好念书。

城里的同学看不起乡下来的学生，记得有一次，我走在一条小巷里，和一个退学的同学迎面相遇，他无缘无故朝我的胸上打了一拳，这使我很不适应，我开始怀念与乡下同学在一起时的愉快时光。在县城读了一年多，我又回到了乡中学，乡中学条件不好，桌子板凳都要自己带，母亲把家里最珍贵的条桌，让我抬到学校做课桌。这条桌是父母结婚时的家具，全木头的，油漆得红汪汪的，放到班里众多东倒西歪的桌子里显得很不一般。终于，与过去的那些同学又同在一个学校读书了，但家长怕我们在一起玩，把我们拆分开了，不让我们在一起，还有就是家长不时在耳边叮嘱，要好好学习将来考大学。暑假了，几位家长把村子里的"红民校"打开，把我们赶在里面做作业，看着我们，这一切的发生，使我感到学习有了变味，学习不再是快乐的。随着弟妹陆续上学，家里也越来越困难，又成为我的压力，成绩开始下降。经过考虑，有一天，我捏出不读书了，父母听了十分恼火，但劝不了我，母亲说，不想读就来家种地吧。父亲坚决不同意，人家的孩子都在读，我回来种地，面子上多没光，为此父母还吵了一架，吵得很厉害的。父亲是个脾气暴躁的人，一气之下喝了农药，被抬到医院里抢救，最后，当然是平安无事了，但我却因此被另眼相看，成了一个没用的孩子，使我的自尊心受到很大的伤害。

退学后，我开始上工，生产队里有我的一个小工分本子，每天三分工，我一心要为家里减轻点负担，舍不得歇一天，我跟着大人学会了如何区分秧苗与稗子，如何锄地而不伤着禾苗。晚上，我和弟妹们一起在灯下看自己喜欢的文学书，也开始了写作。有一次，我要投稿，要买一张八分钱的邮票，家里实在没有钱，吃饭的时候大家就为我凑了起来。母亲口袋里只有五分钱掏出来给我了，我的口袋里只有一分钱，还缺两分钱，我的小妹端着碗说，我的口袋里还有两分钱，然后掏出那枚小小硬币，这样才凑够了。

放任一段时间后，有一天早晨，我从生产队的场地上把一捆稻草往家背，听到远处传来广播体操的声音，这像在对我召唤，我忽然想要上学去了，几天后，我找到我的三舅，他是一个农中学校的校长，他让我插班进来读书了，这样我又开始学生生涯，直到两年后，考上了高中。

现在，回首往事，觉得初中是我从少儿的顽皮过渡到成熟的阶段，那些愉快的学习时光短暂而珍贵，心里也没有什么远大的理想，只是像没头苍蝇一样到处乱撞，充满了动荡和不安。

放 猪

一个农村孩子的童年，除了放猪还能做什么呢？许多后来成名成家的人，也是这样回忆的。

离我家几十米远的地方，有一片老坟地，长满了低矮的树丛和丰茂的杂草，四周都是水田。那年暑假，家里的一头老母猪下了一窝猪崽子，于是放猪成了我的任务。每天把它们赶到老坟地里去放，自己选一个树荫下，坐在田埂的一头守着，便万事大吉了。放猪要一个很长的时间，一个人坐着很无聊，便想象着那坟头是山，我放的十多头小猪崽子是探地雷的日本鬼子，它们从这个山头到那个山头低头寻找着，有时，两个猪崽子打架了，我想这两个日本鬼子肯定发生了矛盾。这样增加了无限的乐趣，数天之后，每个猪崽的相貌和脾气我都掌握得一清二楚了，又索然无味起来。

我的小叔是一个爱读书的人，一天，我从他那儿找了一本《人民文学》杂志，把猪赶进老坟地后，便开始读这本四角翻卷的书。书这种东西一读进去，文字里的一切人和事都活了，把我一颗活泼的童心引向了奇妙的深处。我忘记了自己是一个放猪的孩子。一篇读完，再读一篇，又是一个新天地，不像这几个老坟头和我放的猪崽子，每天重复着，让人熟视无睹。

有了书读，我便不是一个很负责任的放猪孩子了，有几次，老母猪领着一窝猪崽子溜回家去，把家里拱得一塌糊，我一点也不知道，被母亲狠狠骂了几回。但是，每次吃过早饭和中饭后，我还是主动去打开猪圈的门，把猪赶出去放，当然，这时已不再是放猪的本义了。

几本破烂的《人民文学》很快就看完了，我又开始读一本叫《小说创作技巧谈》的书。那里的书没选择，胆子很大，摸到什么书都敢读，不像现在，一翻高深的书就放一旁，心里生了许多畏惧。这是一本理论书，没有小说那么好看，我根据目录，每天囫囵吞枣地读上几章，几十天读下来，竟也读完了，朦胧地知道了一些小说写法。一天突发奇想，能不能得到这位高人的指点，我来写小说呢？我根据作者在后记里说的工作单位，写了一封信，虔诚地表示要拜他为老师，但我连寄了两封信，人家也没有回信，现在想想是很好笑的。

暑假很快过去了，父亲把这窝膘肥体壮的猪崽赶上集去卖了，我也和伙伴们一起背着书包上学了，却落下了上课爱偷看小说的毛病，和老师之间遭遇了许多惊心动魄的故事。

那年放猪，诞生了我的梦想，我很感谢那窝猪崽，直到今天，我还在做着作家这个梦，不敢像父亲一样，把我的梦想赶到集市上去卖了。

村里的事

早晨的风带着潮湿吹进来，有一些细小的雨丝打在裸露的皮肤上，有着点点的晶凉，天空还是阴暗的，下面的土地是泥泞的，赤脚走在乡间的田埂上，感到冰冷一层层地在土地里累积，偶尔有长老了的茅草尖戳到脚板，冷冷地生痛，如果再下几场雨，就不能赤脚了，穿着打了补丁的胶鞋下地，就有了许多不利索，陈旧的胶鞋也不结实，偶尔一用力，就破了，泥泞从口子里渗进来了粘着脚，里面的温暖被浸得不剩一丝，十分地难受，还不如不穿。

田野上有行走的人，踽踽独行的身影打着一把黑雨伞，像一只大的黑蘑菇，田野在背后变得更加广阔。

地里到处是要收获的庄稼。成熟后的庄稼地，呈现着青的、黄的色彩，间隔在一起，沉静稳固，但雨还在下，花生还在土里，如果不赶紧收上来，就会发芽，那种白生生的芽就会从落了叶的秧子底下拱出来，一季的辛苦就会付之东流；稻子也成熟了，黄黄的叶尖上顶着一层水珠，长得厚实的地方，便倒下去了一块，匍匐在稻田里，也得要赶紧收割的，晚了也会发芽的，那种细细的白芽弯曲着从饱满的稻壳里伸出来，这对农人来说无疑是一种灾难。

田野里挤挤攘攘的庄稼都仿佛赶集似的要离开田地，往场地上去，仓库里去，农人单薄的身体被呼唤出一种巨大的力量，他们在田野上奔波，那么庞大的田野，都被他们弱小的身子一点点背回来了。

忙完了田地里的庄稼，冬天就来了，这个季节，叫冬闲，农家就开始嫁女娶亲了，这是一件大事，村子里主事的人，就开始家家户户凑份子了，每家出十元，吃三顿，这一天，村子里的人都到娶亲的人家来吃饭喝酒，村子里很热闹，洋溢着一股喜庆的气氛。

冬天越来越深了，夜晚的村子里通常是寂静的，有时深夜里群狗猛然狂吠起来，第二天，就有了桃色新闻。桃色新闻在人们的口中传播着，有着神秘和暧昧，是冬天的一个最诱人的话题。

二 舅

　　晚上决定要去看一下二舅，二舅来城里大老表这儿住已经多天了，过两天他就要回乡下去。

　　二舅已是八十多岁的人了，家有五个儿子。农村的老人照例是由儿子们养老的，五个儿子都在城里打工，都是辛苦的人，没有完整的时间照顾二舅，他们只好每个人抚养二舅十天，这样轮流地过。每临到大老表和五老表家赡养，他们就把二舅接在合肥家里过。二老表在城里没有房子，他说，我在城里租房子住，租的房子只能放下一张床，摊到他养时，只有把二舅放在乡下。三老表在国外打工，老婆住在城里的大姐家，她说，我都没地方住，哪有地方给他住，也只有把二舅放在乡下。四老表在城里买了房子，去年底他去了国外打工，四老表临走前，说摊到自己抚养时，可以放家里，但二舅不愿去了。因为二舅曾和四老表老婆吵过架，很重的，很多人劝才劝下来，这几年缓和了点，四老表不在家，他一个人怎么好和一个吵了架的媳妇打交道，还不如在乡下住。这样，五个老表抚养时，他在乡下住三十天，在城里住二十天。

　　二舅虽然身体健康，但是一个盲人。

　　二舅妈早年去世了，二舅就一个人生活，长年的锻炼，二舅已掌握了一些生活的技巧，譬如可以做饭、洗衣等。年轻时，二舅以他残疾的身体，带着一家人在艰难的岁月里奋斗，直到几位老表都成家立业，我曾以他这个经历写过一篇中篇小说的。

去年冬天，妻子店里进了一种毛绒绒的睡垫，卖得很好，我就要了一床，准备送给二舅垫，他一个老人睡觉火气弱，更好用，但打听了几次，他一直在乡下，也没办法给他送去。现在二舅在大老表这儿住，我们正好可以送过去。

傍晚，我和妻子出门，妻子把睡垫用绳子捆好，然后，我们又拎上两箱牛奶和两瓶酒，骑上电瓶车就去了。

大老表领我们去看二舅。

二舅住在大老表办的幼儿园里，这个幼儿园在城中村里，是大老表刚来创业时租下的民房。我们到时，门已锁上了。大老表把铁门打开，然后是一个天井园子，我们上到二楼，二楼的门从里面锁着，大老表打不开。就打电话给里面睡觉的人，过了一会儿，出来两个女孩子，大概是园里的老师吧。天冷，她俩可能刚从被窝里爬出来，缩着身子开了门。我们进去了，到了二舅住的房子，门可能没有锁，也不要锁了，大老表伸手拉亮灯。二舅耳朵背，大老表大声地喊了一声。二舅已经睡了，被大老表叫醒，二舅嘟哝了一句，天亮了，吃早饭啦。

二舅不知道时辰，在他的世界里，就是一片漆黑，所以，昨晚的晚饭已经吃了，现在再来叫，可能就是吃早饭了。

我们就笑了，大老表说，是宏兴来看你了。二舅一骨碌从被窝里坐起来，说，大外甥来看我啦。我喊了他一声，他响亮地答应着。我把棉袄给他披上，让他不要起来，别冻着了。

我打量了一下，屋里干净整洁，里面放了几张孩子们睡的小木床，二舅就睡在其中的一张小木床上。另一个墙角，码放着几层塑料的床铺，旁边放着几只小板凳。窗户拉着窗帘，底下放着一根拐杖，大概是二舅用的了。我在床上坐下来，他们在板凳上坐下来。

我拉了一下二舅的手，对一个盲人，体肤上的接触最亲近，我感到二舅的手是粗大的，温暖的。我们开始说话，二舅垂着头，说话响亮，中气很足，往往还在尾声里有着一声叹息。这种声音在我童年里就打下了烙印，直到现在。我注意他的双眼，他的双眼是紧紧地关闭着的，没有眼眸。他浅浅的头发，已经全白了。

二舅说起，当年我转户口的时候，家里没有粮卖（那时转户口，大概要向粮站缴一定的粮食），父母就到二舅家去借粮食，二舅听说我要转户口了，是公家人了，就高兴地说："从我家里搞，我家里不够吃，我就去村里借。"这件事二舅不说我都不记得了。二舅至今还在为我是公家人而高兴着，但二舅不知道，时过境迁，现在的"公家人"和20世纪80年代的"公家人"已全不是一回事了。

二舅说今年他已84岁了，是一个往土里钻的人了。他们在户家（村子）数了数，能活这么大岁数的人没有几个，他算是高龄了。二舅说，小医生给他说了，他今年要死，最长可以活6个月，最短可以活3个月。我说，你身体好，又没毛病，不要听他们瞎说。二舅说，我不怕死，如果睡一觉就死了，是修的；要是睡在床上，一年半载死不了，可就受罪了。

二舅说，他现在上黄瞳集，走不动了，走路吃亏。黄瞳集离二舅住的村子二里路，过去二舅来往健步如梭，可是现在他老了，连上这个集都走不动，给他打击很大，他感到自己真的不行了。

二舅把手伸进我带来的睡垫里，摸到里面软软的长长的绒毛，说这东西好，但要我们把睡垫带回去，他说用不到了，他现在都不买新东西了，新东西也用不坏，死了的时候，都一把火烧了，多可惜呀。

　　二舅说，他过一段时间就会想我妈的，就要给我妈打电话。二舅和我妈从小关系就好，到成家之后，我们两家走动得都很勤，关系也很亲密，但我们两个村子相距有十几里路远，现在，我母亲也走不动了。来往就少了，但这份情却都记在心里。

　　我摸摸二舅的胳膊，还有肉，就说，二舅，你身上不瘦。二舅说，不瘦哟，说着，就把胸部掀出来，让我看。二舅的身体还真不瘦，但事后，二舅可能觉得不妥当，因为毕竟还坐着两个女性。二舅不好意思地说，我给我大外甥看看，我身体好，他工作就放心了，一般人我怎么能掀出来哩。大老表就笑着说，他脑子清醒得个很，一点不到"道叽"（方言，即脑子不清楚）。

　　旁边的一个小凳子上，放着几个缸子，里面还插着一双筷子，表嫂说，这就是他吃饭用的，涮得干干净净的。我就对妻子笑着说，比我们吃饭干净多了，我俩吃过饭，把碗摞得一池子的。

　　二舅问我们春节怎么过的，淮北的二弟可回来了。我说都回来了，在老家过的。二舅说二弟还是那年上大学时见的，这么多年都没见到了。二舅的记忆还这么清晰，我就打电话给二弟，然后，让他们在电话里讲了一会儿。

　　我们要走了，二舅偏要起来送我们，我们不让他起来，要是受凉了，感冒了可不得了，但他还是起了床，我们没有让他出门。

　　我们走了，身后的房子灯熄了，门关了起来。

　　下楼，矮矮的楼梯拐弯抹角，我小心翼翼地走着。

　　已是夜里十点了，城里的马路一片灯火灿烂，无限宽阔。但身后的那间窄小的屋子里，住着一个盲人二舅。

父　亲

父亲一走，我的心头就有了一些后悔。

父亲和母亲在农村生活，到了年老，身体就有了这样那样的毛病，他又不常来城里，有了小毛病就在农村小医院里看看，这次父亲进城，是想好好看看的，父亲相信城里的医生。上午，我带着父亲去省立医院给他的身体做了一次检查，医生开了一些药，说，最好明天空腹再来做一次抽血化验。我们去缴费时才知道，这些药要好几百块钱的。平时，我很少来医院，不知道看病的价码，现在，我身上带的一百多元和父亲身上的钱加在一起还不够。医院里人群熙熙攘攘，我的心情十分烦躁。父亲果断地说，不做了，身体如何自己是知道的，我也就同意了，但这最后一项没有检查，是我心上的一个遗憾了。

父亲来我这里已两天了，这两天我心里老是在想着一篇小说上的事，和父亲很少说话，父亲就独自坐在沙发上，看那些没头没脑的电视。偶尔说上一句话，也是简短的。我与父亲很少见面，上一次回家还是春节前，转眼已经有五个多月了。父亲走了后，我才意识到，父子相聚应当有很多话说的，我怎么就没有话说呢？

从医院回来，我开始做饭。家里平时都是妻子做饭，现在妻子上班去了，要到下午才能回来，天热我也懒得下楼去买菜，我觉得父亲是自己家的人，也不需要客套的，就这样随便做了吃吧。吃饭时，父亲吃得很快，盘里的菜几乎没动就吃完了，也就是说，他吃的就是白米饭。现在，我才后悔，父亲在农村的生活是很节俭的，他好不容易来一次，我应当要下楼去买一点卤菜或炒菜的，虽然他可能也吃不了多少，但这顿饭至少应当要这样吃。

吃完饭，父亲就要回去了，我说不睡一会儿。父亲有午睡的习惯，在我记忆里，他睡觉时总要把枕头垫得像小山一样高，有时，枕头不够高，就在底下放一摞书。现在，父亲说，不睡了，走吧。我想他要走就让他走吧，人要的是自由。

车站离我住的地方不远，父亲也熟悉，我把他的东西收拾好后，说，这是老熟路，我就不下楼了。父亲说，天热，你不要下楼吧。父亲两只手提着东西，缓慢地下楼了，拐过楼角，就是马路了，父亲穿着一件白色的上衣，在阳光下慢慢走远了，消逝了。我这才想起来，我没问问父亲为啥这么急着要回家。

现在，初夏的天气已是炽热的，连屋里的空气也有了沉闷，许多后悔涌上心头，我赶忙下楼，骑上自行车去那个农村班车的小站，想去送一下父亲。在马路上，我把车子骑得飞快，差点和一个遛狗的妇人撞上了。

我赶到时，那个停车场已没有一辆车子，父亲乘坐的车子早开走了。

我伫立在这空荡荡的地方，心头越来越沉重，直到压得自己抬不起头来。

四 弟

　　下午，正在办公室里埋头于书稿间，四弟打来电话，说他来合肥了，住在大姑家。我惊喜地问他来合肥做什么，四弟说准备去吉林打工。

　　四弟是一位很不错的木工，从小和三弟一起学了一手木工的好手艺，但他又看不起自己的木工，觉得今生是在做着世界上最低贱的活计。四弟向往城里人的生活，这无疑是在揪着自己的头发想上天。如此，他又痛恨城市。当知道城里的住房、医疗改革了，许多工厂破产了，工人发不出工资了，他就兴奋，觉得很解恨。农闲时，四弟又不得不操起工具去打工，走南闯北，风风雨雨。四弟常在业余时间里写几篇散文、诗歌，几年下来，写了好几个本子，有许多还被省电台、省报纸发表，但发表的文章尾巴后面，又多注着他是一位青年农民，让他不快，仿佛脸上的一块疤痕，去不了。开春，四弟开始盖房子，四弟把房子盖成城里人的三室一厅，并且装上铝合金的窗子，乡邻们很是好奇，左瞅瞅右瞅瞅，然后说，做田人住这样的房子不适用。四弟就睁大眼睛说，哪不适用了？阴雨天，四弟总是拿着铁锹在台阶上铲泥巴，他最痛恨这些泥巴，像田垄上的杂草，慢慢地往庄稼里挤一样，挤进他的房内，挤进他的心里。

下班后，已经很晚了，我骑着自行车从西市赶到东市去找四弟。到大姑家时，大姑家的院子里已没了灯光，我站在门外自言自语地说："现在都睡了？""哦，是大哥来了！"分明是四弟惊喜的大嗓门，四弟肯定没有睡，在听着我的声音，接着偏房里的灯亮了。四弟开始找钥匙，由于不熟悉，找来的钥匙总是打不开锁，隔着门，我和四弟有一句没一句地说着话。

门打开时，高大的四弟站在我的面前。灯光里，过去我给他的那一身旧衣服，多少年了，他还当作行头穿在身上。我问四弟，是否留在合肥玩几天，四弟直摇头，说哪还有心思玩，明天就走。说着话，我又带着他去马路对面的小商店里买一些零食，给他明天在路上吃，四弟总是拉着不让我买，我说，几天几夜的火车，不带好吃的喝的哪行。

晚上，我和四弟睡一床，我们从家里聊到打工，四弟说，去年在蚌埠给一位老板干活，工钱还没要到哩。每次去要钱，老板总是赌咒发誓地说没钱。我说时间长了，便泡汤了，这是现在小包工头们惯用的伎俩。四弟沉默下去。这次去吉林打工，他是和人家联系好的，这次他要在那里好好干，弄点钱，看秋后可能在街上租个门面，开个家具装潢店。四弟的心里总是充满着理想，四弟感慨地说，在家里蹲不住，每天扛着锹下地找活干，现在地里的活干完了，便成了闲人，邻村的搭戏台唱戏，伙伴们绑架似的，把他拉去看戏，走到半路，他佯装解手，一溜烟从油菜地里跑回了家。我问为什么这样，四弟说，看戏都是老年人没事干，一个年轻人在戏场上坐着，人家肯定会说这个人没用，年纪轻轻的不出去挣钱，在家看戏。说完，我们都笑了。但在我的心里，四弟长大了。

第二天清晨，我还在熟睡，四弟已经起床了，刷牙洗脸，整理行李，那只木头工具箱子一直伴随着他，里面装着四弟无数的酸甜苦辣和劳累的日子。

去火车站，在广场上，躺着横七竖八的民工，他们穿着全身的衣服，薄薄的破被斜盖在身上。我说，这些民工怎么能这样过夜，不冻着了吗？四弟说，这有什么稀奇，我们在外不都是这样的么。我没再说什么，这些年来四弟打工生活的情景一下子出现在眼前。

买好车票，我和四弟在大厅里候车，空荡荡的大厅里，很少的几个人，我给四弟交代着路上的一些安全事项，并告诉他，一个人很寂寞的，可以买点香烟在路上抽抽。四弟说很对，转身去了，但回来却买回来一大沓报纸。

上班的时间到了，四弟站起身来说，大哥你走吧。

我走到大厅门口，回头看四弟时，一片橘黄色的塑料座椅，如一片海洋，淹没了四弟，只留下他蓬乱的黑发如一簇水草漂浮着。

三 弟

瓜贱人更贱，三弟把一个十来斤重的西瓜往肩上一扛，就嘀咕了一句，弟媳不满地白了他一眼。

今天是三弟夫妻俩头一次进城卖西瓜，买瓜的是一个小青年和他的女朋友，买了一个十来斤重的西瓜却要三弟送上楼去，三弟说，一个西瓜不就卖一块五毛钱吗，还不够脚力费的。小青年就不高兴了，说那就算了，我去别的摊子买。弟媳就赶紧地说，大哥哟，给你送给你送。说完把西瓜装进蛇皮口袋朝三弟的手里一塞，说，送去吧，这城里伢们是个嫩秧子，拿不动的。

那个女孩子染着黄头发，穿着露皮露肉的衣服和小伙子在前面走，三弟跟在后面，浑身的不自在。两旁高楼的水泥墙泛着炽热的白光，悬挂在窗户旁的空调发出呜呜的声音，汗水津津地湿了三弟的后背。三弟把瓜送到六楼的门口放下，小青年也不客气一声，就关了门，其实三弟很想喝一口自来水的，现在只好下楼去了。三弟走到楼的拐角处，似乎听到那女孩子说，不要让陌生人进家的话。

三弟送完瓜回来，一肚子的不高兴，把瘪了的蛇皮袋子往车上一撂，冲弟媳说，再送你去送。弟媳笑了说，哎送瓜小了你啦，当初你要是下把劲念书，考上大学，住在城里，别人不就给你送瓜了。弟媳的话戳到了三弟的痛处，三弟高考真是以几分之差落选的，复习了几年又无起色，父亲索性让他回家把娃娃亲结了，三弟也心悦诚服地认了，如今已是伢大老小一家人了，都张着嗷嗷待哺的嘴，家里入不敷出，今年，原指望种瓜能赚上一笔的，看来是一场空了。

大哥就在这附近的小区居住，三弟开着手扶拖拉机从家里来的时候，母亲就一再叮嘱他，到城里后，一定要给大哥送两个瓜。现在，弟媳提醒了他，三弟给大哥打了一个电话，大哥不在家，出差去了，大嫂接的电话。三弟说我就在旁边卖瓜哩，我来送几个瓜给你们吃。大嫂在电话里连连说，不要不要，昨晚才花3元钱买了4个大西瓜，还是给送上门来的，再送吃不掉就坏了。看来西瓜送人也送不掉了，打完电话，三弟一肚子火气，再看车箱里的西瓜，像一群犯了错的孩子，在他的目光下，胆怯而卑微。

顶中的时候，太阳就毒辣了，知了在使劲地叫，听得人心烦。早晨三弟卖瓜的地方还有树荫，现在树荫一走，三弟便晒在太阳底下了。三弟要挪个地方，弟媳不愿意，说这儿虽晒一点，但市口好，现在挪哪儿去都没有好地方了，卖瓜的人比牛毛还多。三弟想想只好忍了，从车箱里拿了一个塑料瓶子，里面是来前从家里装的井水，他把水倒出来，把毛巾湿了，顶在头上，一丝凉爽的气息扑面而来，但一会儿，毛巾就干成锅巴片子了。三弟从路上拾了一张报纸，把广告的那半份给了弟媳，让她顶在头上，弟媳却一把坐到屁股底下，说顶张白纸在头上像啥话。三弟没理她，把报纸拿在手上看，看到报纸有一行大标题：市民多吃瓜，瓜农早回家。三弟就说给弟媳听，弟媳说，城里人就有文化，这话说得多中听。三弟说，就你耳朵软，这话中听不中用。

中午，大嫂送饭来了，三弟和弟媳吃着，又有人来买西瓜，大嫂给卖了起来，那人要送，大嫂说，人家在吃饭，走不掉的，零头钱不要了。买瓜的人欢喜地买下走了。

大嫂连续卖了几笔瓜，都是如此，弟媳就心疼了，说大嫂你这是代卖代送哩。大嫂说，毛把钱，你看哪个划算。大嫂是城里人，看不上小钱。弟媳心想不是你的瓜你不心疼，但撇撇嘴却没有作声。

大嫂走后，弟媳就对三弟说，我们是农村人，不要惜顾体力，今年种西瓜本来就折本了，多赚两毛钱比少赚两毛钱强。三弟说谁惜顾体力了。又有人来买瓜了，还是弟媳卖，三弟去送。

傍晚时分，车箱里的瓜还剩下不少，太阳一点点地往下落，两人的心便一点点地浮躁起来，惦记着家里的孩子，圈里的猪，虽然来时母亲说好给他们照料的，但还是放心不下。城里离家的路还远，开着小手扶走路本身就慢，中途还要给机子歇歇。小手扶是家里的顶梁柱，犁田耙地全指望它，跑生意只是它的份外活，不能累坏了它，这样，赶到家就是半夜了。

马路上的灯已亮了，两人待不住了，一位女青年穿着短裙子走过，飘过一股桂花的香味，弟媳看不惯地皱了皱眉头，叽咕说，你还不一定有我卖瓜的干净哩，骚得不轻。三弟斥道，你别胡扯，把嘴给人打了。过了一会儿，那女青年又走了回来，径直来到瓜摊前，两人心里惊了一下，想刚才的话被她听到了吗？那女青年并没有怒气，看来没听见，两人这才放下心来。女青年围着车箱看了看，细声细语地问了价钱，女青年说，不贵。然后说，这车里的瓜我全买了。三弟和弟媳大吃一惊，问，你要这么多瓜干啥？女青年说，卖完了，你们好回家啊。说完，就抽出二十元给三弟，三弟说多了多了，一毛钱一斤的瓜，这瓜顶多只有一百多斤。女青年说，你还挺实诚的，钱不要找了，你再给我送到厂里去，给加班的工人吃。三弟说，送瓜是免费的。女青年说，这次给我送，就不要免费了。三弟拿起摇把，使劲摇了两下，小手扶就突突地响了起来，冒起一阵浓烟后，又平静了下来。三弟坐上去，开着小手扶跟在女青年的后面，向厂里开去。

厂子很近，送完瓜，两人就匆匆往家里赶。一路上，三弟开着小手扶，敞着胸，风轻轻地吹在身上，没有了躁热，很舒爽的，三弟便吼起了小调。弟媳坐在车箱里，沉默不语，为刚才骂了女青年的那句话深深不安起来。

讨　账

别的不说，单说讨账。

俺家生意做得不大，赊账的人倒不少，没办法。

惯了，俺到人家一站，人家就明白十有八九是来讨账的，他差俺钱，心里亮堂着。

人家越知道俺是来讨账的，俺越不好意思直说，那样，显得多薄气。

大姐哎，今年收成不错吧，地里的活干得咋样啦？俺满不在乎的样子，先摸摸人家的底细，热火热火感情，这很重要。

热火不能忘了讨账，时机成熟，就要见机行事说，这次又从外面进了一批货，比上次的货好，价格还便宜，要的人很多。这是给人家送一个想头。人家大多会问，还有么？好孬给俺留一点，俺满口答应下来，行。谁家不给也要给你家留点，这么多年的老伙计了。只是最近手头紧，要尽快销掉，再去进货。人家会马上反应说，是哎，俺家上回拿你的货还没给钱哩。现在就给你，你来正好，省得俺送去了。钱要到了，双方脸上都有光，还把货推销了出去。如果人家确实困难，俺说先给一半吧，帮帮俺的忙，下次手头宽时再给。如果你要货尽管去俺家搞。人家听后心里热乎乎的，晚上睡觉都会抠着肚脐想法抓钱还你。因此，赊账的人，是一个角子也少不了的。

做生意最怕赊账，在农村不赊账不行，熟人熟地的，相互叙叙都沾亲带故的，不像城里人，八辈子不沾边。有的人只会做生意不会讨账，把生意做砸了，还落了个臭名声，不值得。

村里老五赊账很多，他整天在外跑，让老婆去要账，女人风风火火的，又不会说话，一到人家就手拿着账本扯着嗓子喊怨地说，你家差俺的钱要给了，少一个子也不行。欠账的人，还爱面子，怕坏了名声，你这样一喊，人家一听就不入耳，给钱也不自在。有一次，她去一户人家讨账，人家故意为难她说没钱。三言两语就搞翻了，她往人家地上一躺，又滚又骂，人家没有办法，喊几个妇女把她从屋里架出去，又把钱给了她，丑得能拿裤头套脸。

有时讨账，人家明知道还不上钱了，俺大老远跑来，他又不好意思直说没有。就陪俺啦呱到中午，死活留俺吃饭，烧几个熟菜，打几斤水酒，伢大老小一齐给俺敬酒，锅不热脸热，客气得不得了，睡半天，一觉醒来，吐一地，人还笑着问长问短。要钱的事不好意思再张口了，钱没要到，心里还热乎乎的，这样的人家是聪明的，下次还会赊给他的。

讨账还得讲良心，有的人做生意时脸皮厚，讨账时心肠黑。俺有一个做生意的朋友，他有次要账，人家也确实着急，满户借，借不到，恨不得给他磕头，说明年午季收上来，一定还清。他还不行，把人家几只老母鸡捉回来了。在乡下，老母鸡就是小银行啊，你拿走了，人家还怎么过日子。俺知道后，对他说，你这样讨账太可恶了，有点像旧社会的大恶霸。乡里乡邻的，抬头不见低头见，只要人家不赖你的账，就要给人家一个松手的机会，最后在俺的担保下，他又把几只老母鸡给送了回去。

家门口的人赊账，一般都能摸清底细，不怕。有时远地见面熟的人来赊账，不大了解，会碰到赖账的人，这样的人不能硬要，得罪了他更耍赖的，就得想点法子。年关讨账，俺碰到一位赖账的，叫二狗。后来别人跟俺讲，他是附近有名的赖子，你的账要不到了。怎搞？俺想了一个点子，找来伙伴一道去，让他帮俺说话。到他家后，俺向二狗介绍，你差的钱，俺还是借他的，给你顶账这么多天了，现在他紧盯着俺屁股要，年都没法子过，你我孬好得想个法子。伙伴叼着烟，刀条脸阴沉着，半晌冷言冷语地说，俺也没法子，老妈病重，屎尿都在床上，眼看年关都过不去了，俺起码要给她弄身寿衣，你家不也上有老下有小的吗。伙伴这话是咒人的，俺吃了一惊，怕把事情弄翻了。没想到二狗却被镇住了，他私下里和老婆商量，磨蹭着，从箱子里拿出钱还给了俺。

　　农村人最讲迷信，认为在腊月年关里咒人最灵验的，伙伴敢咒自己的老妈也太难为他了，可他老妈早几年前就去世了。

除夕的村子

　　上午，我带妻子去地里转转，妻子很少回来，想让她了解一下这个村子。

　　出了村子就是田野了，由于今冬干旱，田野里见不到过去一望无际的绿色，油菜在地里蔫着，叶子枯黄的，与土地的颜色混为一起。田埂上是一蓬蓬枯萎的野草，每到冬季回家，我最喜欢的就是放野火。我把打火机拿出来，点着了一蓬茅草，星星之火在枯黄的草茎上像数个虫子在跳跃，接着在风的吹拂下，很快就熊熊燃烧起来，火在田埂上蔓延，像一条火龙。

　　走到河边，河水清且涟兮，站在河畔看了好久，看到河中间的那块滩地了，我告诉妻子，水浅时，河滩和岸上是相通的，春天上面生长着浅浅的青草，上学时，我喜欢拿着书到上面去背。妻子看了，也感兴趣起来，但现在河水深了，河滩与河岸已被水隔断。

　　回身看看村子，村子边缘照样是一排树木，树上已落光了叶子，光秃秃的树梢上，那只鸟窝显得更加沉重，坚硬。偶尔有几个爆竹窜到半空炸响，发出清脆的声音，呈现着新年的欢乐。

　　看着脚下这些田地，想起村子里那些耕作的人，当初他们在这片土地上，投入着过多的热情和汗水，如今土地还是土地，但那些人却早已到了另一个世界，他们再也回不到这片土地上来了。

我在地里，寻找到了几块陶片，打记事时起，故乡就有着许多这样的陶片，后来，我参加了工作，在外跑得多了，看到许多博物馆里也有，就想起故乡田野上的这些陶片。有一次，我回家探亲拾了一些，带到博物馆里让专家朋友看，朋友说，这是细绳纹，是战国时代的陶片。这个消息传到村子里，乡亲们都感到惊奇，原来居住的这块土地，还有着悠久的历史。乡亲们回忆起许多亲历过的往事来，比如村西小坟地上，过去有五棵黄柳头的大树，从十几里外的岗头上，就能看到这几棵树，其中有一棵树的干九个人都围不过来，树上有一个老鸦窝，窝的门是朝天开的，他们上去一摸都能摸一簸箕鸟蛋。可惜这几棵老树在 20 世纪 60 年代被村里的一个人伐掉，卖了。还有昌仁在犁地时，拾到一块漂亮的石头，和历史书上的图一样的，是一块新石器时代的石斧等。这块土地曾经的繁华，为什么就突然消失了呢？是不是经历了自然灾害，或是经历了战争，然后，又经过漫长的荒芜，我们的族人来此居住了？没有文字记载，没有民间传说，只能凭借着想象。

我对眼前的这个村子有着深厚的感情，曾经给这个村子写过许多文章。在这个日益城市化、商业化的时代，努力发现村子里保持的原生态的美丽，发现传统在这里像血脉一样地延续。

和妻子从田地里回来，就到吃中饭时间了。到家，母亲他们在厨房炸年货，桌子上码着圆子、丸子，炉子上炉着鸡和肉，厨房里飘荡着浓浓的香味，让人垂涎欲滴。

下午，我正在床上午睡，母亲来喊我，要我们弟弟和一道去土地庙烧香，这是过年的习俗，我不愿意去，母亲说，土地庙一定要去的，土地老爷会保佑你们的。村民们是很崇拜土地老爷的，他能帮助粮食丰收，家庭平安。因此，这里的每个村子都有一个土地庙。

女儿在城里长大，听说要去庙里烧香，高兴起来，她认为这个庙像城里的大庙，一定好玩的，就催促我起来。

我起了床，和几个弟弟拿着鞭炮和香火去了。

土地庙在村子东南方向的田野里，一间不大的小房子。墙壁是白色的，上面盖着灰瓦。土地庙里也没有土地老爷的像，只有凭着想象了，弟媳们把香火点上，放在台子上，弟弟们把鞭炮拉开，放在田埂上，用香烟点着了，噼噼啪啪地响了起来，腾起一片烟雾。兴奋的女儿看到眼前的庙是这个样子的，感到很失望。

这时，村里又一位长者过来，我问，土地庙放这里有什么说法吗？

他很严肃地说，建这座土地庙，村里请了几个风水大师来看地形的。土地老爷灵着哩，邻村的一个人病了，神婆去一看，就说他三年没有上过庙了，病了的人一算还真的三年没有上过庙。

天渐渐黑了下来，吃年夜饭开始了。过去这个时候，村子里会响起此起彼伏的鞭炮声，热烈而隆重，现在，许多人都在城里打工，全家都到城里过年去了，村子渐渐空了，鞭炮的声音也稀稀落落起来。

放完炮，就开始吃年夜饭了，按习俗是要把大门关上的，这叫不让财气跑了。小侄子去关门时，砰地把两扇厚重的门关严实了，母亲说要留一条缝隙，小侄子问为什么。母亲说，这是给要饭的人留着的，要饭的人到你家门前一靠，喊一声给点吧，家里人要知道，把门关严了，人家就没法要饭了。小侄子听了，又把门开了一条缝。除夕来要饭的，我年轻时见过，现在，已没有要饭的人了，但这种传统的习俗还保留着。

桌子上的菜肴十分丰盛，我们大块朵颐，相互敬酒，一家人其乐融融，父母十分开心地看着我们，母亲就不免给我们回忆起过去生活的艰难。那时，父母领着我们兄妹七个人生活，贫困的日子不堪回首。

吃过年夜饭，我们正在家里打牌，在外玩耍的小侄子慌慌张张地跑来说，大冈跑了，我们没有在意。接着邻居二勤来借电灯，她紧张地说，大冈和他爷吵架了，现在不知道跑哪里去了。我们停了下来，感到不能理解，除夕的夜，大家都讲究团圆祥和，他们怎么在家吵起了架？二勤说大冈喝了酒，夜里跑出去，怕他想不开。因为，田野里到处都是河，去年就发生过一个老人夜里出来，失足在河里淹死的事。

大冈是村里的一个青年，常年在外打工，每逢过年才回来的。去年，大冈在外谈了一个对象，女方和他已住在一起了，年前女方打电话来，催问家里买房子的事，如果不买房子婚事就吹了。大冈已是三十多岁的人了，家里贫穷，哪有钱在城里买房子去。今年春节，那个女孩子真的就没有来了，看来，这门婚姻也要黄了。大冈心里郁闷，除夕多喝了酒，说到婚姻的事，和父母吵了起来。

村子的人都出去找大冈了，这是村里多年来的传统，一户人家有了事，大家都要帮忙的。三弟四弟也拿着手电出去了。

我站在门口朝远处望，黑黝黝的田野里，有许多灯光在晃动，像夏夜里的萤火虫。

过了好久，大冈自己回来了，一身潮湿、泥巴。他家的门前又响起一片哇哇的嘈杂声，大冈粗暴的发怒声、邻居亲切的劝架声、大冈母亲伤心的哭泣声和远近零星的鞭炮声混杂在这个年夜里。

除夕的夜晚，经过大冈这一番折腾，人们又多了许多噱头，村子慢慢平静了下来，又恢复了昔日过年的祥和气氛。

大年初一

　　大年初一，在故乡最重要的事是开门，门是很重要的生活象征，是岁月的兆始和进入的唯一通道，故乡有一句民谣：开门大发财，元宝滚下来。要是一年的头一天门开不好，就预示着这一年一切都不顺了。

　　犹记着小时候父母带我们开门的情景，先是父母起床，天还是刚蒙蒙亮，我们还缩在温暖的被窝里，母亲点起了煤油灯，然后再喊我们，过去母亲喊我们都是大声的，有着吵吵嚷嚷的味道，今天早晨母亲的声音变得柔和许多。我们睁开眼睛，母亲已在枕边为我们准备好了新衣服，那时家里十分困难，所谓的新衣服也就是说是头一次穿，并不像现在小孩的新衣服一定是从商场里新买的，我有的新衣服还是母亲去城里表兄家，表兄给的旧衣服，母亲年前把它洗干净了，现在拿给了我，在我的感觉里就叫新衣服了，而我的衣服便下给了三弟，三弟个头高些，穿了正合身，也叫新衣服，心情也是乐陶陶的。但母亲的新衣服还是那件蓝布对襟上衣，父亲多少年穿的都是那件洗得发白了的蓝布中山装。

　　我们穿好衣服，等洗漱干净后，就跟着父母站到门后，四弟扛着小鞭炮，红色的鞭炮长长地绕在竹竿上，父亲首先开了门，破旧的木门发出一声古老的声音，新年早晨的第一缕光就映入我们的眸子里了，感到明亮亮的新鲜，仿佛从水里才蹦上来的一条鱼；母亲走出门外，把一炷香插到土墙的缝隙里，空气中瞬间就飘起了淡淡的馨香味道，父亲拿着两个开门炮走出去，开门炮大大的，粗如竹筒，家乡是最讲究这开门炮的，开门炮要响，如果放哑了，是霉头，人家会找做炮竹的，但从没听说过哪家开门炮没放响的。父亲先是把开门炮立在地上，然后把口里的香烟猛吸一口，弯着身子对着炮竹的信子点上，点着的信子快速地冒出一缕白烟，父亲起身往后紧跑几步，我们捂住了耳朵，就听轰的一声，响了，接着父亲再放第二个。开门炮放完后，就点燃小鞭炮，小鞭炮劈里啪啦地响着，像在唱一首快乐的歌。家家户户都是如此，村子里像一口炸开的锅或者说像一个激烈的战场。

放完炮，母亲为我们每人冲了一碗糖开水，喝下去，甜甜的，全身升起一股温暖。

接着我们就开始出门拜年了，这又是大年初一的一个高潮，一般都是全家一起出门，族里人多的，一走一阵，十分有气势。我家在村里是小户人家，就我们兄妹五个，我是老大，我走在前头，三个弟弟和小妹跟在后头，我们在村子那些土屋里这家串到那家去拜年，每到一家，人家就会给我们泡一碗糖开水喝，递一只烟抽，客气的人家还会端上瓜子，抓一把往我的口袋里装，或塞几个糖果。一圈里的年拜下来，往往肚子里早喝得圆鼓鼓的了，口袋里也装得满满的。

村里的人对拜年是很重视的，如果两家要是有矛盾，那是决不去拜年的，或者有一家今年不去另一家拜年了，另一家人就会记着的，心里就存着一件事，弄不好是发生纠纷的先兆。记得我们每次临出门前，父母都要交代哪些家是必须要到的，不要让人家引起误会，即使平时和我家有点矛盾的，父母也要我们去一下，我们往往不情愿，母亲就教导我们冤家宜解不宜结，显示了父母宽阔的胸怀。

　　我的大姑家在村子里，我们一般是从村子里拜完年后，正好到她家，大姑就留我们在她家吃早饭了，这已是每年的惯例。

　　接下来就是玩了，我们玩得最开心的是放炮竹，这些炮竹要么是放过的哑炮，捡回来再加工成的，要么就是年前从家里买的炮竹里偷来藏下的。放炮竹放的是点子，是在小朋友们中赢得尊敬的机会，我经常用牙咬着一枚炮竹的屁股，亲自点燃，炮竹的信子在眼前迅速地烧，自己十分地镇定，接着砰的一声，牙齿受到一丝轻微的震动，然后用力吐出炮竹屁股，十分地了不得；还有一位小伙伴为了显示胆大，把炮竹握在手里放，也是了不得的，有一次失手了，结果把虎口炸得鲜血淋漓。有时候放得就有点恶搞了，如把炮竹插在牛屎堆上放，砰的一声，牛屎被炸得飞溅；还有一个小伙伴竟把炮竹插到牛屁眼里放，先是到牛屁股前，用手挠着牛枯燥的皮，牛很舒服，然后用手轻轻掀开牛尾巴，把炮竹轻轻地插进去，轻轻地点燃，赶紧跑开，只听砰的一声，牛被炸得发了疯地乱转，受了欺骗的牛瞪着硕大的眼睛，要不是牛绳拴着会和人拼命的，这一会是再也不能接近它了。我家有一条黑狗，每次上学它都要把我送好远，每次我放学回家，它老远就迎上来，跟在身后摇头摆尾，是我的最爱，那年初一，黑狗蜷着身子在阳光下睡觉，二广点一个鞭炮扔进它的身里，砰的一声，黑狗猛地受了惊吓，呼的一下起身瞬间跑得无影无踪，从此再也没有回来了，让我感到很伤心。除了放炮竹还有一件快乐的事，是看大人们推牌九，我们挤在人缝里，看着那些骨质的牌九在大人的手下熟练地飞来飞去，桌子上的钱来来去去，十分地诱人，忽然，有行家说，推家瘟了，大家都下赌注，这叫瞅条子，我们也不明白，糊里糊涂地跟着下了几条，赢了几块钱会兴奋几天，输了会快快不快。

　　过年最扫兴的事是往往玩到兴头上，要回家去做家务，如喂猪、烧锅等，接着，天很快就黑下来了，家家的门口挂着灯笼，照得地上一圈晕晕的红色。一天的快乐就这样很快结束了。除了偶尔有零星的炮竹声外，乡村又坠入一片平静。

大年初二，就是拜舅舅家的年了。

乡亲们

车子从宽敞的马路，拐进了家乡的村村通道路，窄窄的水泥路面在冬季枯黄色的田野上呈现灰白的颜色，与周围乡野的景色格格不入，显得十分醒目、高贵。路的两边是白杨树林，现在白杨树落光了叶子，光秃秃的枝头密密地排列在半空中，一轮彤红的夕阳在密密的枝头随着车子快速地移动。

路过两个村庄，就到家乡了，在家门前停下，只见几个小侄子蹲在门口下象棋，我们一下车，他们停了下来，起身迎接我们。

进到屋子，没有看到母亲，以往这个时候，总是母亲最先笑哈哈地出来迎我。我问母亲去哪里了，父亲说可能挖荠菜去了。过了约一个时辰，母亲果然挎着篮子回来了。母亲把荠菜从篮子里倒出来，篮子已有些年头了，底掉了用几根塑料带子缠着。冬季里的荠菜透着营养不良的枯黄，并没有春天里的碧绿。我问母亲是什么原因，母亲说一冬没有下雨，干旱的。想想，我们在城里，还真不关注雨水的，但雨水对植物的影响却是这么大。

昌其二哥来了，出来和他打招呼，让我吃惊的是，他剪着时下年轻人流行的二分头。头型从两边的鬓角直直地推上去，头顶上留着长长的头发，然后，往两边分开梳，中间留下一条泾渭分明的沟，甚至能看出头皮的白来。他瘦削的脸上满是皱纹，上面顶着这样一个时尚的头型，让人怎么看也觉得别扭。他都六十多岁的人了，一生都是剃着乡下的茶壶盖头，风尘仆仆地在田野上劳作，老了，怎么赶起了时髦，让我想不通。

晚上，去昌其二哥家吃饭，朝桌子上一瞅，满桌的乡亲都剪着二分头，他们真诚的笑容在这二分头下让我感到很陌生。坐在我对面的一个男子还戴着一副墨镜，他很少说话，一支接着一支抽烟，二分头的长发垂到眼镜的框上，墨色的大眼镜盖住了半个脸，让我感到不舒服。现在的农民在城里打了几天工，就变成"假洋鬼子"了。

几杯酒喝下去，大家话就多了起来，昌其二哥笑呵呵地对我说，大宏兴，这次得了你的地了，要不然，工钱就要不到了。昌其二哥善谈，话还没说出口，爽朗的笑声就先起来了。

我听了，丈二和尚摸不着头脑，我并没帮他们要过工钱啊。昌其二哥大概猜到了我的心思，望着我继续笑着说，大宏兴，你肯定不知道，我从头说给你听。

我们都在合肥站塘那个地方做劳务工。合肥搞工程的人，没有不知道站塘这个地方的，到站塘来的，都是干粗活的农村人。另一个劳务市场是小义乌，那是有技术的人去站的，如钢筋工、木工、油漆工等。在站塘卖白己，早晨4点多就要到，冬天呵，一出门天黑乎乎的，北风就像小刀一样割着你的脸，城里人都在睡觉，但我们要出门呵。站塘是两条马路的交叉口，没人管理，都是自发去的。早晨到那里一看，黑压压的一片，人人都一手拿两根油条或一个馒头，一手拿着茶杯，边吃边站在马路边等老板来挑。如果有一个老板开车来了，人就轰一下子围上来。

站塘有一个不成文的规定，在这里不能说老，如果你说人家老了，人家会骂你，说，放你一嘴狗屁，我怎么老了，我看你还老了哩。因为年龄大了，就没有人要了。一般见面了，要说人家年轻，本来是六十多的人，你也要说，哈，大哥，刚五十出头吧。人家就会高兴地说，哈，你的眼力好，一下子就猜准了。穿衣服也有讲究，不能穿那种二五大衣，干干净净地站在那里像个城里人，那样，老板会摇摇手说，请不起请不起。衣服要穿紧身一点，身上要脏一点，是一个干活人的样子。平时，还要练练跳跃，这是上车时用的，要不，你一上车，拖腿不动爬半天，老板一看，你就是一个老人，也不要你，你要像一个年轻人，手按车帮，一跳就上去了。头要剃成二分头，这样显得年轻。昌其二哥说着，用手将了一下自己的头发。才剃二分头时，在理发店的大镜子里，自己都看不顺眼，但没法子，在城里挣点钱不容易，不怕你笑话，样子都给我们玩尽了。

我这才恍然大悟，再看看眼前这些剪着二分头的乡亲，不再觉得他们难看了，而是有了讽刺和幽默。

昌其二哥说，老赵六十多了，去站塘他最怕天亮，天一亮就送命了，因为，他一头白头发，满脸都是皱纹，没人要，天没亮前，黑乎乎的，老赵戴一个笆斗帽，盖着脸，人家看不出来。所以，天亮前一定要被带走，要是走不了，一天就完蛋了。老赵每次上到车上，都往里面拱，在角子里缩着身子，不作声，这样老板不注意。有一次，他没挤到车角里，蹲在车门口，老板注意到了，一把就把他拽下来，说，我的娘呀，你这么大年纪了，想去害我啊。老赵哭丧着脸，求情求半天，老板根本不买账。

站塘还有一个不成文的规矩，在这里不要说自己不行，老板问你可会开飞机，你要说会开，老板问你可会开坦克，你要说会开，没有不会的，只要把你拉去了，这一天的工钱就有了。到了工地真的不行，就给人家打下手，反正工地上杂活多，有活干的。有一次，老板问我会不会开搅拌车，我说会。可是搅拌车我看都没看过，心里直打鼓，到了工地，被带到搅拌机前一站，瞅瞅眼前这堆黑乎乎的家伙，上面有字，什么倒转，顺转，一看就猜个八九不离十，拿人家的机子学手，还不敢学么。试着转两转，真的就会了。还有一次，老板问我会不会开电梯，我说会。可是电梯什么样子我也见过，到了里面一看，12345……标得清清楚楚的，上下箭头一看就懂了，用手按按，会了。科技的东西好学，人家设计得好好的，最简单。

在我们当中，小剑子是第一个上电视的。打工的人，工钱一般是一天一结，不存在拖欠的。那天，小剑子他们在中绿广场要不到工钱了，打电话把电视台第一时间找来。记者扛着机子，对着人照，其他人见了就吓得跑没影子。小剑子读过书胆子大，嘴会讲，他对着机子说，我们挣的都是血汗钱耶，好伤心呀，你老板怎么跑了呢？说着说着就用手揉自己的眼睛。据说电视放了后，城里一个当官的看了，当时就打了电话。工地把欠的工钱一分不少地付了，还赔了他们误工费。现在国家好啊，都为老百姓讲话，要不然到哪里要钱去？

大家又开始喝酒，我悄悄问昌其二哥那个戴墨镜的人是谁。昌其二哥哈哈一笑，指着他说，你不认识他了吧，老表，把黑眼镜取下来，让大宏兴看看。

戴墨镜的人尴尬地笑笑，不情愿地把眼镜从脸上取下来，我一看，这不是张老表吗？怎么一只眼眶红红的，凹了进去，瞎了！张老表年轻时，在村子里是一个帅哥，初中毕业后，因为家里穷讨不起媳妇，被邻村的一个姑娘看上了，和他私奔，成了家。

张老表不好意思地摇着头对我说，大宏兴，我的这只眼瞎了，年前刚动的手术，现在还没好清，所以要戴着眼镜，要不然难看。说着，又把拿在手中的眼镜戴上了。

昌其二哥叹口气说，大宏兴，张老表这次可惨了。

张老表原来在环卫扫马路，可他文乎文乎的，扫到一张报纸，都要坐在马路牙上看半天，路也忘了扫，后来，环卫不要他了，他和我们一起在站塘卖自己。一次，被一个工头带去干活了，工头是一个年轻人，喜欢军事，每天只要电视放军事节目，棍打不动地要看。他自己带了一个队，起了一个名字叫海豹突击队。张老表干活肯出力，加上有点文化，两个人一谈导弹大炮，伊朗伊拉克，满嘴白沫，忘了干活。这个年轻工头喜欢上了他，张老表成了海豹突击队队员。成了队员后，有一个好处，就不用天天去站塘站街了，工头接到活，打电话直接过去干就行。我们都羡慕张老表了。可张老表命不好，那天他在工地上开卷扬机，一不小心，钢丝绳上的一根断丝甩到了他的眼上，一只眼瞎了。

我去医院看他，张老表要死要活的，我劝他，你瞎了一只眼就不想活了，人家瞎了两只眼都还活着哩。你死了容易，你一大家老小谁养活。我一骂，他想通了。

张老表住了一个月的院，工头花了不少钱，但张老表成了残疾人了。

大家又喝了几杯酒，可我帮他要工钱的事还没有说，我问是咋回事，昌其二哥一听，哈哈大笑起来，用手抹了一下嘴角说，现在，我要说你帮我要工钱的事了。

我们在一家工地干了几天活，结工钱时，工头找不到了，怎么办？晚上，睡在四周看见亮的工棚里，我愁得直挠头。这个事，我们祖上就遇到过，解放前，有一年春天，一个外地人来我们村子卖犁头，一个在田里干活的人，上到田埂来，把他的犁头赊下了。卖犁头的人问他叫什么名字，他说叫田耕玉。卖犁头的人不知道这是个假名字，就记下了。午季结束了，一般人家卖了庄稼就有了钱，卖犁头的人到村子里来找田耕玉讨钱，问了全村的人，都说没有这个人。卖犁头的人说，没这个人，我就找这个田埂要。他拿了一把锹，到当时田耕玉赊他犁头的田埂上挖了起来。田埂被挖了一大截，事情搞大了，这个人就自己出来，把钱给了。田耕玉是谁，老辈的人都知道，我就不说了。

　　过去我也听说过工头跑了，工钱打水漂的事，没想到也给我们碰到了。我们几个人在一起商量怎么办。大家都没主意，我就想到田耕玉的事，一拍屁股说，谁也不要找，就找这幢楼要钱，这楼就是那条田埂，它会有主的。他们不相信，我说，小剑子，我在前面唱黑脸，你在后面唱红脸，不要搞漏了。第二天，我们找到项目部，项目部的人不理我们，说，你有条子吗？我把条子拿给他看，他看了后，又说，这个包工头工地多了，怎么证明你们就在我们这儿干的呢？这下可把我难到了，我想了想说，我可以找你们食堂炊事员，我们这几天可在他这儿吃饭的，如果没有在他这儿吃饭，说明我没在你家工地干活。项目部的人不作声了，我看他心虚了，要再烧把火，就想到了你，我说，我们村子不出人，就出了一个大记者，你要是不给钱，我一个电话打，他就来了。其实，大宏兴耶，你的手机我都没有，但我知道，现在，这些老板最怕记者，记者只要一曝光，他明年接工程的资格就没了。

　　对方一听说能找到记者，就赶紧打电话找工头，在电话里骂他，原来，这个工头好赌钱，赌输了十几万，把我们的钱结去还债了。好家伙，你对赌鬼守信用，对我们就欺骗了。项目部的人虽然找，但那工头不见人，项目部的人手一摊说，你们看到了，我也帮你们找了，他不来怎么办？我看事情眼看要黄了，内心很急，生气地说，你们是想上报纸还是想上电视，我打个电话，我们家记者半个小时就到，如果不到，这个工钱我就不要了。这话一出口，我自己也吓了一跳，我心中没底啊。对方听我敢拿工钱来打这个赌，更信了，赶忙说，他不给，我们给。小剑子见机就对我说，二爷，你就不要添乱子了，人家不是在给我们想法子么。项目部的人也跟着喊，二爷你消消气。天晚了，见我们还没吃晚饭，就说，二爷，我们先去吃晚饭。我记着从工地到小饭店，　路上喊了我十几声二爷，给了我九支香烟，其实我不吸烟，但他给我烟，我就接了，晚上给王老表吸，王老表是个烟鬼，快活得很。

到了小饭店，项目部的人说，你们点个菜吧，看是吃羊肉火锅还是吃牛肉火锅。我说，我们干活的，需要力气，不吃羊肉火锅，就吃牛肉火锅。

火锅吃完了，钱送来了，我们就回去了。我们敢在人家面前吹，就是因为有你，我们心里不怕，你到场不到场，都敢。

我听了，心里咯噔了一下。其实，我不是记者，我是在省文联工作，是个作家，是没有记者证的，故乡的人，不知道作家是干啥的，反正能发表文章的都叫记者，我这些年回家，他们都是这样叫的。现在，我不好给他们把真相说了，我要是说我不是记者，他们再遇到讨工钱的时候，就没有底气了，腰杆就不硬了。我对昌其二哥说，下次再遇到这种情况，你们只要打个电话，我就过来。

话渐渐说得多了，我和乡亲们在桌子推杯换盏，酒越喝越多，满桌的菜却少有人动筷子。我有了醉意，满眼晃动的都是剃着二分头的乡亲们。

到了年初三，我要回城里了，有几个邻居过来打听，他们想跟我的车子。母亲私下里不想让我带，怕他们晕车把我的车子弄脏了，我没有同意。

车子上路了，穿过那片杨树林就上省道了，家乡在身后越来越远，偶尔从车内后视镜里，看到后排坐着的三个剃着二分头的乡亲，他们的面孔木木着，他们在奔赴城市，城市在给予他们，但也在损害着他们。

新娘的眼睛

　　两年前的冬天，我在办公室里看稿子，一个外地朋友来访。在闲谈中，他给我说了这样一件事，他们那里有一位姑娘叫小白，刚结婚两天，一双眼睛被丈夫生生挖了。朋友边说，边摇头叹息，那个美丽的姑娘，从此就成为一个盲人了。

　　朋友走后，我的脑子里一直在萦绕这件事，我为小白姑娘的命运担忧。在这个现代文明的社会里，还能发生如此野蛮残忍的事，太令人发指了，我要去看看这个姑娘。

　　第二天上班，我就向主编请假，要去采访这个姑娘。主编很快就同意了，但经验丰富的主编关照我，如果人家不愿接受采访就不要勉强，因为人家现在的心情不一定好；另外，一定要注意安全，预防凶手家有黑势力背景。有什么事不要蛮干，要随机应变，保持联系。

　　第三天一早，天空下起了雪，站在楼上望出去，只见空中雪花弥漫着，楼下的树上、楼房的顶上，都覆盖着一层白雪。沿着视线向远处遥望，纷乱的雪花似乎掩蔽了方向，空间变得似有似无了。我迟疑了好久，还是出了门，寒风裹着雪花扑到脸上，刺骨的冷。

　　中午时分到达县城，雪已停了下来，但天空仍是阴沉的，积雪还是在房顶上街头前累积着。时近农历腊月，走在古老的街道上，满街都是批发红纸、对联、年画等春节用品的，看人来人往、手提肩挑的景象，浓郁的春节气息在寒冷中扑面而来。

在街上，我想要为小白买一件礼品。因为，在这个时候，去见一位被暴力戕害的美丽而弱小的姑娘，我无论如何也不能空着两手，不管她愿不愿意接受采访，我都要表达一个善良的人对她的关爱，哪怕只有一点点，我也是满足的。但应该为她选购一件什么样的礼品？她是一位年轻的姑娘，过去，应该是比较好选的，可现在她失去了双眼。我期望能找到使我眼睛一亮的东西，把一种对光的感觉带给她。县城的街上，充斥的都是农家的生活用品，让我感到失望。这时，我看到不远处有一位时尚的女孩子正站在自家的店门口，我想她家的货也许新颖点，就走了过去。

女孩的小店布置得很漂亮，商品琳琅满目，我看到一套帽子和围巾连在一起的工艺品，这种东西，眼下在城里的女孩子中很流行，如果让小白戴，也一定挺可爱的。我让女孩戴给我看看，她很高兴地做了，然后又变换着多种样式给我看，很洋气的。女孩子问我是不是送给女朋友的。我说不是，是送给一个不认识的女孩子的。她哇塞地叫了一声，说现在是冬天，这东西又时尚又实用的，不会错的。我便挑了一套纯羊毛的买下。

有了一件满意的礼物，我的心也开始惬意起来。小白的家在乡下，还要转车，我在街头简单地吃了一份盒饭，坐车继续赶路。

北方来的寒风，在土地上拼命地刮着，似一个硕大的喉咙在吼叫。农用中巴车在田野上颠簸，初冬的原野已没有了往日的丰腴，积雪覆盖着农家黑色的屋顶。上下车的乡人越来越多了，他们的手里都拿着扁担、箩筐等各种农具，有人还带猪崽，装在麻袋里，嗷嗷地叫着，一股的臭味。马路边新起的楼房墙壁上，用白石灰写着一条条醒目的广告，在一座老房的砖墙上，我偶尔看到了一行褪了色的大字：改善妇女生活环境，提高妇女社会地位。这一行字使我感到此行有了更加深刻的意义。

在镇上下了车，路边站着几个人，我向他们打听去小白家的路，他们都说不知道，我感到奇怪，这里发生了这么大的事，他们居然都不知道。我说，就是那个被挖了双眼的女孩子，他们木然地哦了一声，继续着笑谈。

在街上走了一会儿，看到路边停着几辆三轮车，这是出租的，一问，人家说，从镇上到小白家还有一段路。我租了他的车子，接到活的小三轮像一头小马驹欢蹦着在路上扬起一阵灰尘跑开了。寒风从每条缝隙里钻进来，像一只阴谋的手伸进来，我坐在车子里掖紧了衣服。随着车子的颠簸，我估算离小白的家也越来越近了，我的心反而复杂起来，望着路旁闪过的一草一木，心想，这些风景，过去在小白的眼里是多么熟悉啊，可从此就消失在她的世界里了。

路越来越细了，车子开到一个村头，停了下来，开三轮的说到了。我付了钱，经人指认，我来到了小白家的门前。这是一个单门独户的农家小院，与村子里连片的房子隔着几块田地，院子的周围是一丛丛蓬乱的刺槐，落尽了叶子的树枝，光秃秃地伸向天空。红砖的院墙上零星地覆盖着一层薄薄的积雪，似有似无。院门虚掩着，里面静悄悄的。我站在门前，感到自己的身影是如此的孤单和冷寂。

我按了一下门铃，一会儿，从屋里走出一位老年妇女，见我是一个生人，脸上满是疑问，我简单地说明了来意，她热情地把我领进了屋内，原来她是小白的妈妈。这时，屋里又走出一高一矮两个男人，后来我知道，他们一个是小白的父亲，一个是小白的弟弟。他们都警惕地盯着我，从他们的神情上，我可以想象，这个家庭不久前发生了一场大事，他们的脸上被打击的惊悸还没有完全消失，而我的到来，又是如此地不合时宜。我又说了一遍来意，我问小白在家吗？他们同声说在，这时从房内里走出一位修长身材，穿着一身黑裙子的姑娘，她披肩的长发，戴着一副黑眼镜，不用介绍这就是小白了。

我的鼻子一酸，叫了一声："小白，你好！"

小白用右手生硬地扶着眼镜，左手扶着墙慢慢地踉跄地上前走了两步，我赶忙上前双手紧紧地握住她的手，我压住喉头的哽咽说："小白，我来看你了。"

小白的手微微地抖动了一下说："谢谢！"

我看不到黑镜后面小白的眼睛，但可以看到她白皙的面庞。一时，我们都没有说话，心情很沉重的。

为了打破这局面，让她愉快起来，我对小白说："小白，我给你带了一件礼物。"说着，我从包里拿出这个帽子和围巾，让她用手摸摸，然后给她戴上。

这时，我看到一滴晶莹的泪水已从小白黑镜后面无声地流了下来。小白的妈妈在一旁用衣袖擦着自己满是皱纹的眼睛说，小白哎，你现在好俊，可你看不见了。小白说，我心里知道的。

我们坐了下来，我开始了对小白的采访。小白说得很慢，声音很轻，似乎不想去触摸那颗碎了千百次的心，我小心翼翼地引导着，她慢慢地抽泣起来。小白痛不欲生的话语，把我融入了那个沉沉而悲惨的黑夜，使我闻到了那个血腥的场面了。

小白和男方是经过媒人介绍认识的，可以说是家庭包办的婚姻。新婚那天，小白来了月经，加上对父母包办的婚姻不满，就没有同意和男方进行性生活，两人就有了龃龉。到了婚后的第三天晚上，他们又吵起来了。那个男人发怒了，抓着小白的头往墙上撞，用板凳砸她的身子，柔弱的小白很快就被打倒在地，男人还不解恨，就骑到她的身上，狠毒地用筷子插进她的眼里，小白一阵钻心的痛，朝楼下的人喊："救命啊，救命啊！"楼下传来的是一阵阵打麻将声和说笑声。小白向男人求情说："好哥哥，你饶了我吧，你放了我吧。"那男人没有一点手软，一用劲，小白的一只眼球被他撬了出来，然后还用手抠了一下；筷子断了，他又换了一根筷子，再一次插进她的另一只眼睛，直到两只眼睛被撬了出来，小白也痛得昏迷了过去。等小白醒来，已是第二天了，她已躺在了县医院里，从此，她再也没有看到一丝光亮了。

小白趴在桌子上，她的讲述，在泣不成声中几次中断，我找不到合适的话语安慰她，我的心随着她的哭诉起伏着悲愤着。

好久，小白抬起头，取下脸上那副黑色的眼镜，她两只空洞的眼睛深深地凹了进去，被眼睑覆盖着，泪水在她的脸上爬着一道道湿痕，她的眼睑蠕动着，我知道她是想睁开眼睛，但却不可能了。那凹进去的双眼，是一种巨大的无声的控诉，冲击着我的神经，使我不能承受。我帮她慢慢地把眼镜重新戴上，这黑色占据了一双美丽的眼睛，永远也褪不去了。

小白的妈妈从房内拿来一张小白放大的照片给我看，照片上的小白站在池塘边，身边开满了红色的花儿，小白一双大眼睛正水灵灵地充满憧憬地望着远方。小白的妈妈说："小白的眼睛被挖去后，我就把她的这张照片放大了，我的闺女一双眼睛好俊啊!"小白的妈妈用手抚摸着照片上小白那双黑白分明的眼睛，眼泪又掉了下来。

我和他们商讨了一些给小白解决问题的可能，如到法院起诉，去找民政部门能否解决以后的生活问题等。一直默默坐着的小白父亲，起身从口袋里掏出一盒烟，这在当地是一包好烟，他从中抽出一根递给我，我说不吸烟，他又把香烟小心地装回盒子，装进衣服内里的口袋，从另一个口袋里掏出一包廉价的香烟，吸了起来，淡淡的烟雾增添了这位男人脸上的深深的忧郁。他说，现在家里的一切经济来源，就靠他在外面给人家耕地抛种挣的一点辛苦钱，家里为了给小白上访和治病，已背负了近两万元的债。当谈到小白的未来，他感到很悲痛，说："都是我们害了她，男方的家是当地的大队书记，家里富裕，就图这个，当初小白不愿意，是我压着的，现在后悔也没用了。"

天完全黑了下来，采访已接近尾声，小白的妈妈起身要去给我弄吃的，被我拦住了，我不想让自己的到来，给这个贫困的家庭增加负担。我说要回到镇上去住宿，小白的家人不放心起来，说自上次有个记者来采访过后，男方的家人就放出话来，要他们不要接受任何采访，否则会叫记者走不出镇子。这个时候我的身上倒涌起了一股热血，我说我不怕，难道还能被他吓住。我坚决要走，小白的父亲拧不过我，就忙着出去给我找车子了。家里就我和小白两个人了，平静下来的小白，端庄地坐在我的面前，散发出农家姑娘的柔情和善良。我鼓励她对生活要树立起信心，我告诉她马上就要过春节了，希望她尽快愉快起来，她只是默默地笑笑，摇了摇头。我对她说，城里许多盲人都在工作哩。小白说，城里人真好，然后又告诉我，到镇上后，最好住在小镇丁字路口那家旅社，那家人厚道，我们上集时，常到他家去歇脚，买不买东西人家都很客气的。小白这样说，我倒又有点心酸起来，我想，这个善良的姑娘，过去像一只燕子和伙伴们来往于集镇上，一路上有多少花朵，有多少欢笑啊。

三轮车到了，我开始拉着小白的手，和她再见。走到门口时，小白的妈妈忽然跪在我的面前，她拉着我的手说，谢谢你谢谢你，你是一个大好人啊，你要帮小白向上头反映啊！我赶忙把她扶了起来，说政府会关照小白的，法律会给小白伸张正义的。

小白的父亲和弟弟打着手电送我，他们把我夹在中间。车子是小白家的熟人，我上了车子，他们还要送我去镇上，被我坚决拦住了。

三轮车上路了，在乡间的土路上急急地奔驰着，车子划出二道明亮的光柱，在深深的夜色里，显得十分醒目，仿佛要用力刺破这沉重的黑色，我忽然感到，这是小白的目光吗？是她的目光，她在给我送行，她把希望寄托在我的这次行程上。

到了镇上，我按照小白的指点，找到了那家旅社。老板是一个中年胖子，一看就是一个厚道人，老板把我引到二楼上，旅社里生意清淡，没有其他旅客，我一个人住了一间房子。天气一到夜间就寒冷了许多，我把两床的被子放到一起睡了，但睡不着，小白那两只夜一样漆黑的眼镜和照片上那双水灵灵的大眼睛，在我的眼前反复交替，无助而又悲愤。我穿好衣服，坐在被窝里。窗外是北风在呼啸着，有时在撕扯着物什，发出尖锐的声音，有时像跌倒了又爬起来，发疯似的奔跑。我在纸上唰唰唰地写着，我期望能用我的文字换来小白眼睛的明亮。直到天快亮了，远处有了报晓的鸡鸣声，我才疲倦地睡去。

第二天，我起得很晚，走出旅社的门，就见小白的弟弟在那里，我问他怎么来了，他说，是他姐姐不放心我，一早就催他来看我了，见我在睡觉，他没有喊我，就等在外面。我再一次为小白的善良而感动。我说不要紧的，他坚持把我送上车才走。

回来后，这篇稿子很快就作为重点稿子发了，我的心里也一直在关注着小白的消息，也一直想找个机会再去看望一下小白。

日子很快就到了春节，大年夜，我和一家人正在守岁，接到小白打来电话给我拜年。我问了她的情况，知道在各新闻媒体的强大干涉下，凶手已受到法律的制裁，小白也得到了经济补偿，当地政府正在为她今后的生活进行工作，我不禁为她高兴了。

新媳妇上门

和曹侠谈恋爱半年了，决定带她回老家给父母看看。

今天是双休日，我便对她说，去我家吧。曹侠没有犹豫，表示同意。

晚上，我们便在一起准备明天的行程了。天气预报时，我们守在收音机旁听，知道明天是晴天，才放下心来。

第二天一早，我把曹侠叫醒，准备起程。我到屋外看看天，熹微的阳光从鱼鳞般的云层里透出来，这是一个好天气。曹侠起床，在屋里试衣服，拿了一件牛仔裤配黑毛衣，不满意。又换上背带裙配红毛衣，换来换去，旋转着身体如舞台上的模特，最后决定，身穿背带裙配红毛衣。问我怎么样，丢不丢我的人。我说，行，这一身挺漂亮的。曹侠高兴地对着墙壁上的一方小镜子照，镜子太小，只能照到上半身，曹侠就站到床上再照，直到满意为止。

我们匆匆吃了点早饭，正待上路，身上的传呼机响了，回电话过去，是小妹从家里的街上打过来的，听说我要带曹侠回家，高兴得不得了。我在电话里叮嘱，不要买什么菜，回去把家里收拾一下。小妹喜滋滋地答应着，说这就不用你操心了。

临行，曹侠把我的头发梳梳，把我的衣服领子拉好，她站在我的面前，我可以嗅到她嘤嘤的气息。

关上门，我们上路了。

外面的阳光真好，金灿灿的，穿过车水马龙的马路，我让曹侠先去路边的站牌下等公交车，我去厕所方便一下。等我回来，却左右不见了她，正纳闷着，曹侠已从哪里买来了大包小包的水果，我赶忙迎上前接过，责怪说："说好不要买东西的，你怎么买了这么多东西。"曹侠说："我头一次去你家，哪能空着手哩。"

合肥离老家不远，坐了约一个小时的班车，便到了家乡的街上，街上正逢集，人群熙熙攘攘的，街道两旁摆满了小摊。曹侠走下车子，在路边一站，她的靓丽就引来了众多的眼睛。街上离家还有几里地，我想打出租车回去，她想了想说，算了吧，我们还是走着好玩。

秋收后的田野，一片广阔，脚下的田地里，种子还没有萌芽，裸露的土地一片枯黄。这是我过去上学走的路，走在弯曲的田埂上，曹侠诙谐地说："这时候回来，有什么好玩的吗？"我说："春天时，四周是一片金黄色的油菜花和绿油油的麦田，小河的水碧青的。"曹侠说："那不成大公园了。"路上，遇到几位村里的人，我和他们打招呼，曹侠只是站着嘿嘿地笑。然后，她和我商量，到家了，怎么称呼我的父母家人等，我说，你就随我叫，她不愿意，说她还没嫁过来。我说，还是这样叫，否则以后还要改口，多麻烦，她同意了。

快到村子时，老远小妹就从家里迎出来了，欢喜得不得了，端凳子，打洗脸水。曹侠坐下后，脱下白色的高跟鞋，直揉脚面，这一段路走得辛苦了。不大一会儿，家门口已围了一圈看热闹的人，小妹忙着散糖果给他们吃。

母亲刚从地里挖了一把蒜苗回来，曹侠忙站起来问好。母亲笑哈哈地叫她坐下，问她累不累，习惯不习惯，曹侠客气地说，不累，习惯。

中午，母亲站在锅台上炒菜，小妹坐在灶下烧火，很快烧了一桌子菜。母亲又从村里找了几位妇女作陪，为了减轻曹侠喝酒的负担，我和她坐在一起，照顾她少喝酒，把她喜欢吃的土菜搛到她碗里。邻家的一位媳妇王大姐酒量大，热情地要陪她喝两杯酒，曹侠也尽量地喝，还入乡随俗地站起来陪长辈们喝酒。大家说说笑笑，高兴极了。

吃饭时候，小妹把米饭盛好，一碗一碗地端上来，曹侠一转身，去厨房盛来了一碗锅巴，说："这大铁锅烧出来的锅巴好吃，电饭煲烧不出来。"母亲便说："呀，早知道你爱吃，再多烧几把草，那才好哩。"

午后，我带曹侠去地里玩。围绕村子的河，水清且涟兮，拽一把杂草扔下去，许多小鱼拥来在水面上争抢着，翻起一阵阵水花，把曹侠看呆了。田埂上开满了一簇簇黄色的野花，曹侠采了一大把带回家，小妹找来一个花瓶，插进去，放在条桌上，顿时增添了许多美丽。

吃过晚饭，村里的人听说我带回了城里的新媳妇，许多人都赶来看稀罕，夸曹侠长得俊，说母亲以后该笑了。家里热热闹闹，笑语连天。

人走尽时，曹侠回房间休息，我和母亲坐在堂屋说话，母亲问我们定下来了吗？我说定下来了。母亲就高兴了，脸上的笑容把皱纹挤成了一堆。母亲问要帮助什么，我说，买房子呀。母亲问要多少钱，我说少说也要五六万的。母亲脸上的笑容便没了，叹息一声，愁上眉头。我说不要紧的，慢慢来，房子的钱我们是能挣到的。

夜已深了，明天我们还要赶早班车回去上班，母亲便要我睡觉。我走进房里去看曹侠，她躺在被窝里还没睡着，见我来了，轻轻地笑笑，原来，我和母亲说的话她都听到了。我好笑，敲了一下她的脑袋。

第二天一大早，我们还在熟睡，门头的窗玻璃便透进了灯光，我知道母亲起床了，看了看表，才早晨 4 点多钟。我大声地问母亲，这么早起来干啥。母亲说做事哩。我责怪说，昨夜你睡得那么晚，现在又起这么早，睡不好觉会影响健康的。母亲说，她已经习惯了，长年这样了，没事的。听了我和母亲的对话，曹侠直感叹，天下母亲一样的勤劳。

早晨，送我们走时，母亲拿来家里好多东西让我们带，出乎意料，曹侠只要了点玉米带着。母亲就笑，说："这东西家里多。"曹侠说："这是好东西，打碎了，用开水冲着喝、煮着吃都行。

等汽车开动了，全家人都赶来站在马路边送我们，车子走了好远，他们还站在路边没有回去。

第三辑

流萤集

山庄七日

一

窗外，太阳在燃烧。

我凝视着窗外的树叶，想象着你的面容。

一棵树，一半树冠在阳光的金色里欣喜若狂，另一半树冠仍在忧郁中沉默。

宁静的天空被打乱了。隐匿的空间变得虚无。

我忽然听到你的脚步声自枝头而来，异地的空间，被你的气息瞬间拍打成海洋。

二

窗户外，满眼都是绿色的树冠，圆形的叶子、长形的叶子、锯齿状的叶子，纷至沓来，但我还是踮起脚尖，努力凝视着最高处的那一片叶子。

阳光从空中倾泻下来，窗前的山坡上，没有虫鸣，没有蝉鸣，绿树掩映下的甬道上，也没有人的身影。这个时候，空间是无限的寂寞和空荡，阳光打在窗玻璃上，屋顶上，树冠上，发出刺眼的光芒，空气中流动着炽烈的气息。

然而，我看到窗前的那片叶子，它像一张小小的手掌，捧着一片阳光。叶子一动不动，仿佛一动，这片阳光就会从手掌滚去，再也不会回来了。

因为一根旁曳的枝，它被一棵树流放到了这个寂寥的空间，无依无靠。

正午的阳光是炽烈的，仿佛要穿透它，它的绿呈现出悲痛的嫩黄，但它隐忍着。叶子的背面，是蔚蓝色的天空，如水洗一样干净。

其他的阳光都消逝了，只有落在这片孤独的叶片上的阳光才是我要寻找的。

我站在窗前努力仰望着，这些天来，我住在这座小木屋里，小木屋坐落在山坡上。我带了大量的书和写作计划，想在这里寻找一些突破。我喜欢这里的宁静，我不愿参与任何来往，我想把自己隔绝起来，像住在一座孤岛上。岛的四周是茫茫的水面，水面上开着一朵朵红色的、白色的荷花，我俯下身去吻了其中的一朵，当我的唇与含苞欲放的花瓣接触那一刻，我认为自己吻到了情人的嘴唇。

我时常沉陷在文字的泥潭里，唯有这扇窗户可供给我瞭望。窗外，太阳在燃烧，过去拥挤的空间只剩下一片空荡，满山的绿树，在皮肤下灌满了低语。从天空到大地的高度正好等于一只吊死鬼的小虫豸挂着长长丝的距离。一块孤独的石头，在午后的沉默里变得模糊。

当我从众多的叶子中，发现了这片叶子时，我同时也发现了自己。这片叶子虽然弱小，但它是一个位置，它不放弃自己，阳光赠予它的虽然只是一小片，但更提升了它的生命。

叶子，我凝视着，也在歇息中，让路径通向更远处。

三

夜晚又一次来临，屋外，门头上的那盏小小的挂灯，灯光变得越来越明亮了，有几只小虫子围绕着灯光在飞来飞去，似乎很兴奋。山庄里的树木、房屋和远处的山岗都沉浸于黑暗之中了，甬道上的路灯，一粒粒的，并不热烈，饱含着宁静。

面前的时光呈现出一片难得的珍贵。

今晚，清风拂面，这在炎夏里，是少有的舒爽。凉台上，有两把藤椅和一张玻璃小圆桌，这些东西在白天没有一丝用处，阳光的炙热没有人敢坐到这凉台上，但今晚却成了我的一个安静去处，我把电脑搬了出来，把屋子的门从身后关上。我坐在这椅子上，就着这盏灯光，拂着清爽的风，感到如此的惬意。

远处有几只青蛙时断时续地叫着，仿佛是哲人在对话，而不是歌星在歌唱。更远处，是高速公路上一辆辆车子划过的呼呼声。

清风又在吹拂我的皮肤了。

我写作疲惫了，便放直着身体，躺在椅子上。感觉到身体从内到外，都在流淌着幸福的汁液。

我想起我的爱人，如果她能和我在一起，这个夜晚将变成一个热气球，带着我们飞离人间，但现在她在遥远的地方，我只能想她，只能在一片片清风拂过皮肤时，感觉到她的手指抚过我的身体。如果爱人在我的身边，我肯定要趁着这股清风，把她的头扳在我的怀里，然后轻轻地吻着她的唇。

在这想念中，我越陷越深，黑暗的上面浮动着一些寂寞，我只能任它在我的身边荡漾。我还要回过头来，写我眼下的东西。

四

哥哥——

拉开窗帘，清晨第一缕柔和的光照进来，布谷鸟就在枝头唤开了。

一声声断肠，在山谷，在树巅。我看不见它的踪影，就像隔着千山万水看不见你的容颜。

你的喉咙太纯粹了，你的舌头太稚拙了，你喊不出花言巧语，只会一遍遍轻声地唤：

哥哥——哥哥——

是的，我是你的哥哥。坐在屋内，我被尘埃和喧嚣蒙着的心灵被唤醒；伫立窗前，薄雾笼罩了山坡，空间已被点燃，寂寞的身子里流淌着滚烫的汁液。

一别数年，容颜老去，我们都相互埋藏在心底，没有想到，这个早晨你寻觅到我的窗前。

如果我有一双翅膀，就会随你一起飞去，但我只有一个沉重的肉身和挣不脱的桎梏。

哥哥——哥哥——哥哥——

你泣泪的呼唤越来越急促，我想满山去为你祈祷、祝福，遥远的旅程中，每个枝头你都可以停留，剩下的疼痛让我独自承受。

五

这是最后一个下午，明天早晨我们就要告别这里，吃过午饭，我决定一个人在这里面走走。

　　路还是原来的路，过去我们一起在上面走，大家吵吵嚷嚷的，现在一个人走充满着宁静。路的两边是高耸的松树，那些细的松针也是分明的。树林的蝉仍然在叫着，但现在听来，就有了别样的意味，终究这是离别的脚步。

　　脚下的青石板是光滑的，这些青石板一看就是有些年头了，它们不是从山里新开采的，而是从老宅里拆下来的，有的青石条，过去可能就是一条小河上的一座小石桥，不知为什么，它们离开了原来的位置，像离散的流浪者，最后都被收容到了这里，成了人们脚下的一条小路。我看到，一些青石板上，还有明显的门臼，还有雕刻着鱼和龙的，这肯定是大户人家的门楣，当年进进出出多少闺秀的身影，阔人的脚步，现在，已是物是人非，成了脚下的小路。这样的青石板小路，让人想起郁达夫的身影，徐志摩的身影，他们穿着长衫，手挽着情人，款款地走在上面。

　　天空是阴沉的，飘起了细细的雨丝，要不要回去，我犹豫了一下，还是选择向前继续走。

　　来到水边，这个季节的水面上，到处漂着莲的花朵。先是睡莲的，莲的花平铺在水面上，紫红色的，玉白色的，还有水面上圆圆的叶子，它们的身姿让水面一下子充满了情怀，仿佛这水不是自然流淌的，而是来自某个人的心间，那一点一滴的心思都呈现在心上人的面前，让你感动。

　　再一转弯，一池荷花浓郁地热烈地呈现在眼前，大大的圆圆的叶片，在风中轻轻摇动着，叶的周围是一朵朵盛开的花，红色的，白色的，黄色的，它们亭亭玉立，仿佛穿着裙子，摇动着手臂一下子拥到了我的面前，纷纷伸出手来，要和我握别，要给我叮嘱。

　　它们开在寂寞里，"过尽千帆皆不是"，现在，我的到来，是其中的某一朵盼望的吗？而我的离去，它们将重又回到寂寞里。

　　我与每一朵荷招手告别，我与每一朵荷相互叮嘱着多多保重。

　　我的到来，是一场邂逅。

　　我的离去又何不是一场伤痛。

站在河岸上

　　它们要到哪里去?

　　它们两手空空,眼睛一片迷茫。

　　它们的身上还呈现着山沟的肤色、洞穴的肤色、田野上小河的肤色……

　　它们的群体有多长,堤坝就筑多长。

　　它们从城外的河道里浩荡地流过,城内,一片楼群的高度,感到如此地胆怯。

　　它们要到哪里去?

　　它们日夜兼程。停止或者隐藏,都是危险的,离开群体只有等待死亡。

　　有月的夜晚,浩荡的洪水,突然间使阴沉的天空明亮。

　　放开,让它们走。

　　这些雨水,它们已割断了绳索,它们已翻越了高墙,它们在低处聚集,越涨越高。

　　洪水,在河道内滔滔而去,它们的姿势,是梦的境界。它们的深处,在碰撞着纠缠着粉碎着吵闹着……

　　一路的行程,是一组生命的排列组合。

放开，让它们走。

它们的祖先已经到达，发出的呼唤震动着它们的耳鼓，它们无法停止脚步，一路狂奔着而去。

它们迁徙的路线，将经过一群狮子的领地，经过一群鳄鱼的领地，它们中必有一些同伴为此牺牲，而不能一同到达。

——那里是辽阔的海洋，洪波涌起，云岛相连，鸥鸟飞翔。

——那里是一个广阔而美丽的天地，是超越生命与自由生长的空间。

洪水，淹没了我们的家园——

门前那条开着野花的小径，

河道里那个靠岸的码头，

田地里那等待收割的庄稼，

村头我与情人幽会的小树林……

在滔滔的洪水覆盖下，只有我们的眼睛能看到它们！

洪水，也浮起了一些东西——

那些被我们遮挡，但仍在阳光的缝隙里生长的东西，

那些被我们丢弃，但仍然存在的东西，

那些被我们播种后，但又遗忘的东西……

现在，它们都浮起来了，像云一样，在水面上漂过，让我们幡然醒悟！

还有在洪水中崩溃的建筑——

当初，看到它们在土地上建成，我们是何等的兴高采烈，仿佛今后所有的日子都有了依靠。

现在，它们在一夜之间崩溃，我们庆幸着自己的逃脱。

不堪回首，这些没有骨头的东西，蒙住了我们多少眼睛！

漩涡，在水面上闪现。

它美丽的线条是飞天的云袖，在轻风中起舞，凌驾它的人，在高蹈中，一路花香地升向天庭，消失在蓝天深处。

跟随一只漩涡，看它在水面上飘逸，在细雨中怀念，那个背井离乡的人，一个漂流的灵魂。

消失的漩涡，已悄然到达寂寞人的内心深处。

洪水，在雨夜从堤坝的破口，侵入树的家园。

岸，就在前面，有一棵小树已经爬了上去。如果再迈一步树林就可逃离这场灾难，但在这最后一刻，它们停止了脚步。

水在树林的头顶颈部腰间得意地涟漪着，拯救的手，背在上帝的身后。

一阵风吹来，树扶老携幼，坚强地站立着。

这是树祖祖辈辈的家园，它们扎紧了根，即使变成了鱼，也决不退让半步。

让我再一次凝视着这水。

此刻，它们波平如镜，水天一色，还有光芒惊悚地拍动翅膀。

脚下的路已经中断，我站立的位置，在淼淼的水面弥漫开来。那条遥远的地平线，在水面上刃一样地划过，没有了往日的舒畅起伏。

我看到创世记初始，上帝在水面上行走，我游说他，站在河岸上仁慈地说：

——让每一滴水臣服下来，驱除内里的黑暗，赎罪行善。

——让每一滴水都有自己的通途，最后到达天堂。

站在海岸边

这就是大地的边缘！

我伫立在海边，默默地遥望着，我的身后是坚硬的陆地，我的面前是汹涌的海水，它们一样的辽阔。

我来自古老大地的深处，在一个喧哗的城市里生活，无数次，我遥望天边，幻想着到达大地的边缘。

那些边缘，是向上的阶梯？是向下的地宫？或是飞翔的地毯……

现在，站在这大地的尽头，

我看到，所有的路在这里都到了尽头。

我看到，每一条河流在这儿都找到了归宿。

我看到，大地与海水的交接处，一片片黝黑的礁石，在海浪中，像一个个晃动的头颅。我不知道他们是想回到岸上享受阳光，还是想到海里去遨游。

让我用手轻轻地捧起海水，这片广阔的海水，该有我故乡河流的一滴，我童年的时候，就在地图上查到，故乡无数条小河汇成一条大河，流到长江，最后到达大海。

如果有我故乡河流的一滴，那该有我父老乡亲汗水的一滴吧。他们往往在劳作后，到河里洗去身上的汗水。

让我有力地击打这海水，倾听它发出的声音，大海应当是一面鼓，它渴望有一只双手，能敲打出沸腾的声音。

让我用手轻轻地拨开这海水，我想看看它淹没了什么，我流逝的光阴是否躺在海底的一角。

让我把爱情折叠起来，寄放在海水深处，捎给那位渴望爱情的美人鱼。

大海，我能带走什么。

大海敞开着，它是那么无私。

如果能把大海带走，就能把天空也带走；

如果能使河水倒流，大海就会干涸。

大海沉默着，我不知道每个到海边的人，都会想起什么。

大海，我什么也不要，我只汲取一瓶海水，带回去，放在我家六楼的阳台上，在有月的夜晚，听它喁喁私语，在起风的夜晚，听它滔天巨浪。

对岸，有多远。

那边是否也有一位女孩和我一样站在海边遥望？

她迎风站立着，她白色的长衫和黑色的长发在海风中飘扬着。

海浪层层涌来，像一只只巨大的手，从海底把沙子推上来，堆起一条沙滩蜿蜒着伸向海水的深处，这是通向对岸的鹊桥吗？

对岸是遥远的，海风阵阵吹来，我想张开双臂飞起来，只要有爱的地方，再宽的海洋也阻挡不了。

波动、波动……

缓缓的浪花，合着我的心律，在起伏间：呈现、隐没、冲撞……

我想看清大海，在蔚蓝和广阔的背后，是谁的手在推动着，使它永不停息。

我想按住自己的心跳，看涌动的海水，会不会与我的心情一起平静下来。

海，最初的一滴水，在指尖奔走，一路沉痛的湿痕，朝向爱情的顶端，相望的岛在转身之后，已经背离曾经的誓言，在海水中沉没……

我痴情的心，远道而来，在海边，在一寸一寸的距离中，寻觅与另一颗心接近的距离。

我脱下皮鞋、袜子，赤着脚在沙滩上奔跑，我的脚被涌上来的浪花轻吻着，我的身后留下一串串脚印，我停下来，我对着大海大声地呼喊着：

海啊，我身体内的海已经复活了，
我身体内的风暴已经升起来了，
我不会在一片海水中迷失道路。

一只海鸥飞起来了，它白色的翅膀划着弧线，在海面上蹁跹起舞，那么地轻盈流畅。

海浪上有为它谱写的旋律，天空上印着它美丽的倩影。

它在海浪上鸣叫着，它是被流放的歌手，它憎恶那在舞台上"摧眉折腰事权贵"的生涯，它不肯再回去了，它在大海上找到了自由的天堂。

它飞到了大海的深处，在我的眼睛里消失了。

只海鸥它要去的地方，就是我梦境诞生的地方。

让我再一次凝视大海。

我迎风而立着，我张开双臂想拥抱着大海。

海，平展着，从眼前伸展到天际边，我知道那不是它的尽头。

我伫立着，我挪不动即将离去的脚步。我渴望在这海边站立成一棵树，汲着海水生长，双眼充满着海水的蔚蓝。

让我再一次凝视大海。

大海，是一尊佛，它慈爱、宽广，默默无语，接纳我所有的倾诉，并让我洗涤、禅悟。

我还会再来的，大海。

它在穿过

没有我不肯坐的火车
也不管它往哪儿开。

——米莱（美）

火车在茫茫的黑夜深处穿过，
罪恶、谎言、欺诈、恶心……纸片一样飞起来。
如果是静止的，我看不见这些。
但它在穿过，窗外闪过一片灯光，灯光下是空荡荡的，不见一个人影，堆积的光亮被黑暗挤压成坚硬的一团。
火车穿过一座桥梁，发出瞬间的轰鸣，窄小的河流，柔弱的身子在匆促地逃亡。
火车在连绵的群山中穿过，从一个山洞钻出，又钻进另一个山洞。
黑暗连着黑暗，黑暗套着黑暗，丧失了记忆的旅程，在宇宙中膨胀，距离变形成一桶方便面，快捷但没有营养，飘着一股廉价的味道。

卡大卡看到了这趟游荡的火车，

它从城堡里飞出，
他的眼睛里充满了诧异。

我提着硕大的旅行包——
它的腹内鼓胀着，它是母性的，当我把那些小日用品一件一件地往里面装时，它就受孕了，它孕育了我整个游荡的梦。
但随后它的重量会慢慢地减轻，它变得空空的时候，便诞下了我的灵魂——那是旅程的尽头。

逃走——
我在沿着空间的边缘逃走，我的双手用力推开这钢铁的门扉，慌乱的脚步必须轻轻起来，不要惊动守卫的士兵。这轰隆的声音，是门扉打开的声音。
我的身体被禁锢得太久了，肌肉里剩下的最后一点力量，用来寻找自由、幸福、未来……
这钢铁的车轮与铁轨的磨擦，像一把锋利的刃，在切割着漫长的旅途。

昨夜，不停地在火车的吱扭声中度过。
车轮仿佛锈蚀了，在巨大的力量拖动下，不情愿地发出痛苦的声音。
又仿佛是一个老人，不停地在耳边絮叨着陈年往事。
我被折磨着，在一次次刺激中醒来，又在一次次困顿中睡去。
终于醒来，火车停顿在一个小站，我从一列停靠的货车车箱空隙处，看到对面有一个巨大的红色的"路"字。
我凝视了好久，浮想了好久，我这是在路上了。
我积淀的激情在迢迢的路途上一遍遍地涂抹，像一头成年的雄性狮子，在用自己的气味划分着自己的领地——一块灵魂的领地。

乘务员过来让我写顾客意见，年轻的服务员，有着一双美丽的眼睛，刚刚过去的黑夜就消失在她黑色的眸子里。我问，这火车的吱扭声是怎么回事？她说，这不是火车问题，是这段路的路基不好。

这就奇怪了，我怀疑我的灵魂是否奔赴在一段危险的旅程上。或者说，这一段旅程还没有维修好，我的灵魂就开始了一场奔赴。

这个"路"字，是对我的唤醒吗？

我抬起身来，想看看为什么会有这个"路"字，这时，我才看到了完整的句子"中国铁路"。

这游荡的火车，它在这个小站停留得太久了。

清晨的田野上，飘浮着淡淡的雾气，有着舞台上刚要揭开还没有揭开序幕的样子。

田埂上，到处是被焚烧过的痕迹，黑色的灰烬，一块块的，伤疤似的留在地面上。

田里的麦苗青青的，有一条抄近的路，淡淡的，弯曲着，这条路会被成长的麦子淹没吗，还是它在麦田里越走越深？

树上的叶子落了，只有一片二片挂在枝头，黄黄的，仿佛宁静的眼睛。

速度会把陌生、自由、未来带给我们，会在超越一个个点后，描绘出一条清晰的轨迹。

速度，在心灵的想象里，可以像上帝一样俯瞰一切。

这个静止的小站，它是凝固的一滴水，很快会逝去。

这无垠的土地，它在旋转，

古老的村庄，静止的树木，升起的太阳，全都散发着清新自然的光泽。

火车在土地上面奔驰，轰隆隆的声音之后，土地又归于一片沉寂。

没有人关注这列火车，因为我的存在，这列火车载着的是我一个人。

它在奔驰，它没有双腿被束缚时的局促。

土地，我们需要它更加宽广，不被分割。

火车，在秋天空旷而明净的土地上奔驰。

轮子下卷起的风扩散出层层涟漪，火车奔驰着，它要把我拉走，我的灵魂跟随着它，不问归途。

拾荒的人，手提着蛇皮袋子，沿着铁轨低头寻找，长长的火车似一堵长长的围墙，在他面前壁立着，他在这峡谷间行走。

他寻找的东西：一个矿泉水瓶、一个啤酒瓶、一个易拉罐……

这是从火车上扔下来的，这列游荡的火车，它充满着荒诞，它弃下的东西，带着梦幻的片断。

警察戴着大盖帽，穿着蓝色的制服，背着手，从过道那头过来，一双眼睛像鹰一样，左右巡视，那把精致的手枪斜挂在腰上，他在车厢里慢慢地走着，像在街头踱步。

他走过去了，什么也没有发生。

疲惫的旅客挤坐一起，凝固，沉寂，似乎有了分明的棱角。

警察是一场戏剧里，一个跑龙套的角色。

一列复制得完全一样的火车，从窗外一闪而过，它是迅速的，里面挤满了人。

一个窗口，女孩子美丽的面庞一闪而过。

那列火车也是游荡的，像一颗拖着明亮尾巴的彗星划过。空间是无限的，来往的游荡只是一瞬，即生即灭，像一只蜻蜓翩然落在树梢上，又翩然飞去，不留下一丝痕迹。

异乡的人，带着陌生的声音和匆忙的面孔，来到火车上。

异乡的人，很快找到自己的铺位，坐下来，车厢里经过短暂的躁动，又安静了下来。

她坐在小小的床铺上，宁静的面孔上，有着山水的踪迹，远处那片高高的山脚下，有着她的家，她童年的脚步曾踩着门口的铁轨，平衡木一般地走过。

异乡的人，带着一身的神秘，来到火车上，长长的旅途中，上帝的眼睛在窥视着。

山洞，这短暂的黑暗，一个连着一个。

这些洞窟不能久留，必须快速地穿过。

时光在黑暗中凝固，在阳光中融化。

瞬间的黑暗，瞬间的光明。

火车带着撕裂般的疼痛，一路奔驰，突破。

我对自己说，这是一个漫长的旅程，火车将载着我横穿几个白天和夜晚。——我要去的地方，是一个陌生的地方，时间将像养肥了的猪，被屠杀并发出绝望的嚎叫。——那里没有多少人到达，但却是真实的，而我所到达过的地方都是虚拟的。

晚点的火车在加速，

它要追回远逝的时间，

它的速度与时间的流逝同在一条轨道上运动，

晚点的火车，身上披着陈旧的颜色，在阳光下发出沉重的喘息。

经过一天的奔驰，火车终于到达第二天的夜晚，

仍然是黑暗的，

但是它与昨天的夜晚隔着长长的距离。

火车的速度仍然是恒定的，

窗外呈现出许多灯光，印在道路的两旁，像水边游来的一群鱼的眼睛。

这是一场"创世记"的大混沌。

我将睡去。

火车潜伏在黑暗的底部，像一条地下河运行在大地的深处，

一种罪恶在这里被意外发现。

游荡的火车从城市的边缘经过。

一个城市，卧在长长的铁轨旁，像一个巨大的马蜂窝悬挂在一个落了叶子的枝头。

密布着许多口子，许多人进进出出。

不需要停留，更不需要进入。

化了妆的城市，给人脂粉的气息，在那里，高耸的楼群，被损毁的树木，迷路的异乡人，小旅社里的一夜情……都是它身上的首饰。

道路蛛网一样地悬挂着。

在楼群的缝隙里，有一条步行街，匆忙的人流里，我看见一个美人妖娆的身影，短暂的凝视是对我生命的一次呼唤吗？

火车时刻表上，没有安排这次停车。

我会记住这双眼睛的。

我走回自己的卧铺，一个灵魂安身的地方，被火车承载着，四处游荡。

火车停在月台上，长长的橘黄色的身体，

它是一个史前的巨大动物，它是善良而美丽的。

我的进入同时也是退出，从过去陈旧的模具里退出。

火车又起动了，我开始迷离起来。

火车从一座桥梁上通过，底下是黑夜流过的汁液。

乘务员聚集在窄小的工作间里抽烟，

四五个年轻而美丽的面孔被烟雾笼罩着，

里面的一个女孩子也看到了我，她厌恶地叮嘱门前的一位女孩子用背把玻璃窗挡住。

她的背影移过来，蓝色的。我走开了。

坐下来，我一直心痛，日日枯燥的长途会毁了她们。

这是我灵魂的影子，

一只小小的灯光下坐着我的身子，

它是被拉长了的影子，

乘务员青春的身子，包裹着迫切的欲望，这么遥远的距离，对于她们来说是煎熬，对逃离的人来说，是一次畅游。

她脑后颤动的蝴蝶结，钩住了我的目光。

我必须挣脱，否则必然坠毁。

我内里的碎片再一次粘成一只陶器，

里面储藏着我的想象。

四周有了鼾声。

借助朦胧的光，我看见黑暗中黑魅魅的山峰和马路上一只孤独行走的农用车的灯光。

女乘务员打着小手电来查铺，像一只小小的萤火虫，或者像妖姬。

火车停下。

这是一个小站。

我贴着玻璃使劲地向外看，才看到黑暗中的几点灯光，有几个黑黝黝的身影，缓慢地走过。

几个下车的人，很快融化在黑暗中成为另一块黑暗。

我把头离开玻璃，看到玻璃上印着自己清晰的脸孔。

另一列火车过来，也停了下来。

小站是一个门槛，在城市的边缘，既不打开也不关闭。

火车突然缓慢下来。

一群工人穿着黄马夹，手握锨、耙、镐等工具站立在路旁。

路边堆着一堆堆石子。

他们的工作是为了游荡的火车每次通过时更加安全。

可以清晰地听见一位工人用镐在路基上抛着石子，发出哗哗的声音，一位工人在稍远处往路边挪动着笨重的枕木。

我遇到的第一个深渊是在火车停下时发生的。

游荡停止，没有底部的自由落体。

这是临时停车，火车时刻表上找不到这一段时间，火车被魔术师的手隐藏了。

长长的静止，周围的风景已经黯淡模糊。

太阳的光线是垂直的，深渊的四壁长满了奇怪的树木，岩石上的石缝里嵌着古老的时间。

这一段时间，应该是黑色的，即使阳光透彻，也是这样的，眼睛看不透的时间，掩盖着真实。

火车一动，深渊就烟消云散了，就像一场龙卷风丧失了力量，被卷起的杂物，纷纷落下，但已离开了原来的位置。

外面的事物是静止的，阳光穿透了它们的思想，那粒弱弱的思想，如它前世的生命。

它们静止着，一个季节的热烈，现在沉寂下来，立在肉体里的锋芒，从地面到梢头，短暂的距离里，汲满了声音并沉默在纤细的茎里。

这是秋天了，冷空气在北方聚集。

一场火焰会在指尖到达，掐灭的黑暗会重新到来，布满身后的空隙。

刚下火车的民工，他们宽阔的脊梁背着大大小小的包裹，身影臃肿地一堆一堆缓慢地向前走着。

车厢里显得空敞起来。

这是一渠洪水，在两岸间的河谷里流动。

它的奔流像无数大提琴、小提琴、爵士鼓、长号在演奏，奔放，自由，激烈。

我是随波逐流的一条小鱼，在洪大的水流中翻腾，跳跃，游动。

时间的沙滩是白色的，是每次洪流从高处携带下来的心灵的积淀。

它越往前走，地势越平坦，但内里的力量仍没有减弱。

它推拥着我，这个游荡的灵魂。

火车奔跑的脚步踏在这秋后的盛典里。

边缘被它一次次抛在身后，

它要奔跑，它停止不下来，在激烈的铿锵声里。

她们把不锈钢的器皿收走，相互碰撞着，发出生硬的声音。

她们把洁白的小台布收走，小茶几上赤裸着，在瘦弱的灯光下，空空荡荡的。

她们用扫帚把地上的杂物扫走，装进硕大的黑色的塑料袋里。

火车离终点越来越近了，这是最后的晚餐。

也是重新开始。

你是我心底的那一缕光

一

你是我心底的那一缕光，

我走到哪里，你就在哪里，像是黑暗中，我手里端着的一盏小
小的油灯，弱小的光亮和我弱小的生命，相伴着前行。

大风，请别熄灭它，我们相隔遥远，只有靠这缕光，
在彼此的心灵中，捕捉那一声叹息。

二

寂静是戈壁滩，无边无际，铺满了坚硬的石头，让人绝望。

我总想在这寂静中，看见你的面庞，或者伸出手去，在你的
枝头摘取一片叶子，但一切都是徒劳的，我只有孤独地坐着。

我忽然在这寂静中，听到窸窸窣窣的声音，我看到你在结着一
张爱情的网，我的每一次飞翔，都是面临着一次死亡。

三

所有的河都有堤坝。

堤坝阻挡着水，也护佑着生息，但这一段堤坝，因为你躺下的身姿，

而惊蛰、而春分，

而延伸在银河里。

在黑暗里，只要仰望天空，就能看到它璀璨的身影，那些密集的星辰，便是我们走过的脚印。

四

你在我的内心里撞击，想要撞开这扇单薄的门，我想放你出来，但我怕你的洁白，会融化在这万丈红尘中，而消失。

你的撞击，越来越猛烈，

我的内心越来越痛疼，我快支撑不住。

我用手抵住胸膛，一遍遍向你祈求，请你安静下来，我用我的心血养育着你。

五

阴天里，我坐在黯淡的光线下，陷入沉思。

面前的空荡里，时间和空间拧成了一股绳，把我越捆越紧，拯救的人，在这个世间里游走，却听不见我的呼唤。

那夜的水榭边，浪花拍打着栈桥，发出吼吼的声音。

相逢的眼睛，是一缕从旧日子里吹过来的风，印着光的屐痕。

我们伫立着，凝望着小城中的夜色，一直到你的手伸进我的

身体，攫住我的灵魂。

六

我已嗅到你来临的气息，大风在夜里乱成一团。身体里的宁静，被一次次吹得混乱不堪。

河流还在远处流淌，阻隔着异乡的通途。

守望的灯光，是一团药棉，一遍遍地擦洗我的伤口。

而我仍然在等待，虽然你的面孔已经消逝，成为深埋在墓穴里的朽木，但我固执地认为，

你是我心中最后的一块不能抹掉的圣洁。

与荷别

　　清晨醒来，看到窗外一片姹紫嫣红，眼睛一下子被撞击得生痛，不知今夕是何夕，不知身在何处。

　　窗外，杨柳轻拂，一两只鸟倏地掠过，一池荷叶挤挤挨挨着，荷塘已盛不下了，有的就被挤到了岸上，更惊喜的是，在婆娑起舞的荷叶之上，是亭亭玉立的荷花。

　　我们是昨天傍晚从城里到达这里的，晚饭后，我们曾围绕着这片荷塘散步，但夜色中，池塘黑乎乎的一片，没想到今晨会有这番景色突然出现在眼前。房间的窗户是宽大的，底边几乎与床一样高。这样给人的感觉就是人卧在荷花深处。

　　这些天，我在屋子里，荷花就在屋子外，我们相互关照着，彼此凝望着。荷的身姿让水面一下子充满了情怀，仿佛这水不是自然流淌的，而是来自某个人的心间，那一点一滴的心思都呈现在心上人的面前。

　　最喜欢是清晨，看到一些刚绽放的荷，青春、高雅，欣欣然的样子。有的瓣是玉白的，有的瓣是粉红的，新鲜得没有一丝尘埃。最伤感的是傍晚，看到盛开的荷，经过一天的暴晒，花瓣开始脱落了，硕大的冠也显得七零八落，它的边缘划过的忧伤把我的思绪拽向时光的深处。

　　早晨睁开眼的这一刻，人卧在鲜花之中，这是诗意的，如陶渊明"悠然见南山"，而现在，这南山就是这一池荷了。

　　我相信每一朵荷花里都隐藏着我昨夜的梦境，荷用细长的茎托举着，用圣洁的瓣呵护着。

　　随着黑夜的来临，荷渐渐地消失在窗外。我真想招呼几朵荷来到我的房间，躲过这黑暗的夜晚。

　　要离开这里了，我要和荷告别。

　　来到池塘边，一池荷花热烈地呈现在眼前，荷大大的圆圆的叶片，在风中轻轻摇动着，叶的周围是一朵朵盛开的花，红色的，白色的，黄色的，它们仿佛穿着崭新裙子，摇动着手臂一下子拥到了我的面前，纷纷伸出手来，要和我握别，要给我叮嘱。

　　它们开在寂寞里，"过尽千帆皆不是"，我的到来，是其中的某一朵盼望的吗？而我的离去，它们将重又回到寂寞里吗？

　　我在心里，与每一朵荷招手告别，我与每一朵荷相互叮嘱着多多保重。

　　荷，我的到来，是一场邂逅。我的离去又何尝不是一场伤痛。

观天坑瀑布

到达燕子河大峡谷时，已是晚上了，天已大黑。服务员送我去房间，一住下，就听见外面哗哗的声音，开始我还以为是风刮过树林的声音，仔细一听，原来是水流的声音。站在窗口朝外望去，只见一小片灯光照着的草地，看不见河水的流淌，但这一夜，我是枕着河水而眠的，我的梦随波逐流，直到第二天醒来，我走到阳台，果然看见在不远处，一条翻滚的河流，在山谷间朝远方流去。因为我的家乡三面环水，对水我有着自然的亲近感觉，长大了，才知道，水是一种哲理，有着更深的哲学味道，对水从自然的层面上的亲近，到了更高层次上的仰慕。有水的地方，总是愿意去亲近一下，感受一下。望着眼前这哗哗的河水，我想象着这水里有没有一股来自天坑瀑布？

上午的参观是沿着山谷进行的，水，在山谷间时而像处子一样娴静，时而像马匹一样奔腾；水，静止时是一面镜子，可以照进万物，可以照进灵魂；奔腾时，决绝果敢，没有一丝犹豫和回头。

与水流逆行，更加渴望见到心目中的那匹瀑布的身影。

到达一处山坡，朝对面的山巅望去，忽然看到一条白色的身影悬挂在山顶上，让我倒吸了一口气，导游说，那就是天坑瀑布了。

这短暂的一瞥，让我惊叹不已，常见水在低处，从没看到过水在山顶上，高过我们的头顶，高过眼前的群山，似乎是一只白色的大鸟，扑扇着翅膀从遥远的天边飞来，落在这山顶上。

到了对面的山坡，路在森林中蜿蜒，水从山坡上流下来，有时形成交叉的燕子尾巴的形状，有时直直的像一条绳索，这些水穿行在树林间，行程匆匆，来去无踪，我们的路也沿着这些水流时而交叉，时而并行。

山路在山间缠缠绕绕，终于在一回转间见到瀑布了，它在山谷间轰轰地响着，像在呼唤着我们，我加快了步伐。

在硕大的崖壁上，一匹水帘披挂下来。三面都是铜墙铁壁的悬崖，天空已逼窄成一块洞窟，没有了广阔。

壁是黑色的，水是白色的，两者泾渭分明，站在崖壁前，水的姿态让我一动不能动。

崖，太高了，似乎在虚无处，我得仰起头来，才能看到那一处缺口，缺口已与天空融在一起了，水就是从那儿流过来的，飘渺的白紧贴着崖壁，从天而降，初看似乎不是水，而是纺织娘从棉花中抽出的一条细线，到了半山腰，开始宽阔起来，那是水的姿态，飘逸、洒脱、激昂，到了崖的底部，跌在乱石上，溅起数条细流，发出哗哗的声音，从我的脚下流过。

我止步于此，我惊叹于此，我被缚住于此。

我久久地伫立着，忘记了时间，忘记了空间，忘记了人和物。

水时多时少，少时，瀑布如薄纱，可以看到水背后的岩石；多时，瀑布似万马奔腾，扑面而来，风吹着细雨样的水雾，濡湿了人的面孔。

一匹水，是如此地征服了一个旅人。

水可以有多种姿态的存在，平静的水，是安详的；流动的水，使人感叹逝者如斯夫；汪洋恣意的水，使"河伯欣然自喜，以天下之美为尽在己"。

然而眼前的水，它选择了纵身一跃，就注定了一生的痛疼和悲壮。

它的姿态呈现出的是水吗？不是，如果是水，它就不该这样去做，它呈现出的是一根骨头，骨头，就是支撑我们站立起来的东西，它是"仰天大笑出门去，我辈岂是蓬蒿人"的李白，它是"生当作人杰，死亦为鬼雄"的李清照，它是"士可杀不可辱"的精神气慨，而今我们缺少的正是这些。

水流过我的脚下，我蹲下身子，掬起一捧水，洗了一下脸，水的清澈和晶凉，激灵了我的神经，我想起孔子面对大水时的情景。孔子站在水边，颜回和子路请老师上车，孔子毫无反应，兀自站在水边，怅望远处，直到水波平息，桨声消弥，孔子才如梦初醒。

现在的水边，还有孔子的身影吗？

从天坑瀑布回来，一路上，我的眼里便没有风景了。

神　枫

　　我们驱车从老远的地方，来这偏远的山村，只是为了看这棵老树。

　　树太老了，已长成了铁，纷乱的枝头都是秃的，仿佛小徒弟一不小心，把铁条敲断了的样子，树干太粗壮了，已不像是圆形的，而是一整块巨大的钢砣，小徒弟的力道也不够，也懒得加工，就是原样的，往地上一垛，在一米高的时候，打成几个叉，向上。树已没有了其他颜色了，从枝到干全部是黑的颜色，枝头的叶子是稀疏的，点点的绿和树的全身相比，还是掩饰不了黑的主体。

　　这老树可能是小徒弟打了，技法生硬，笨拙。

　　老树旁边还有其他一些年轻的树，它们线条流畅，枝丫分明，一看就知道是技术娴熟的老师傅打的。

　　师徒两人的作品就这样矗立在村头，当时，老师傅看了徒弟的作品，肯定很失望的，训斥了他一顿，一棵树被打制成这样，浪费了铁，白教了你一场。小徒弟望着师傅打制的树，肯定羞愧得无地自容。

　　而今，一批又一批人来，看的却是小徒弟的作品，老师傅的作品却被冷落了。老师傅要是知道结果是这样的，肯定会大惑不解的。我要给师徒两人的解释是，小徒弟打制的树，符合了我们现代人心灵的镜象，是独立的，而老师傅打制的树，是商品。但一个人的镜象是孤独的，却有亏损的危险，而商品是复制的，赢利的。

小徒弟打制的树，现在已成了县重点文物了，并在树下立了一块碑，上面刻着："此枫植于宋代，成于元、明、清，已有千余年。它一生屡屡遭难，火烧，唯它不焚；被伐，枝丫处流血；雷击后，焦黄复青。人近树三匝，一年吉祥，故名'神枫'。自然万物皆有灵犀，人们常抱大树，素有伟丈夫自感；仰望高枝，又生后来居上、高风亮节之瑞；环视四周，春意盎然，心旷神怡，其喜洋洋者矣。——广德县唐流村。"

碑上寥寥数字，把一棵老树神圣化、人性化和自然化写得栩栩如生。

一棵老树立了千年，便有了超自然的力量，村子里逢年过节大事小事都要到树下烧几炷香，许几句心愿的，这样心里才能平静。

前几年，老树被一阵炸雷从树顶劈开，长长的裂隙，似乎要把大树从中间一分为二，人们见此情景，都想老树肯定难逃一劫了。人们在树腰上系了一道红绸布，日日祈祷，让人难以相信的是，老树却慢慢愈合了，春天又勃发出生机。

我们慕名而来，一进村头，老远就看到老树了，老树仿佛笑容满面，"有朋自远方来，不亦乐乎"。

我们先是站在远处仰望，阳光从树枝间射下来，更增添了老树的伟岸，老树植根于大地，但枝头直指天堂。然后我们又走近了，用手抚摸，手掌在树干上上上下下左左右右地滑过，这一刻，我的心灵和树仿佛瞬间被接通了。

——你是我心中的那个人啊，寻觅了那么久，哦，你原来藏在这里。

——你是我心中的那个佛，我满身尘埃风尘仆仆地赶来，想得到你的洗涤。

——你是一架梯子，把千年的岁月，和现在的岁月连接到一起，多少人来到它的面前，"念天地之悠悠，独怆然而涕下"。

——你是那个老人司马迁，虽然你被处以腐刑，但你经受住了奇耻大辱，你的年轮里有项羽本纪、陈涉世家、刺客列传……

然而你什么也不是，你就是我心中的一棵树。米沃什说："我不想成为上帝或英雄，只是成为一棵树，为岁月而生长，不伤害任何人。"

大家在老树前看了一会儿，就嚷着要去赶下一个景点了，我想在老树身边多待一会儿，但终是集体行动，我们走了。然而老树是不移动一步的，它会永远站在自己的位置，坐看云卷云舒，内心平静无痕。

小教堂里的时光

一进德胜洋楼公司，圣诞的气息就扑面而来，在一片浓厚的氛围里，我注意到在好东客栈后面这个有着西洋风格的教堂了。

我们是应德胜洋楼公司的邀请，来这里过 2011 年圣诞节的。

中午，在房间里休息，睡不着，觉得有一个声音在召唤我，起了床，走出门，拐一个弯就看到小教堂了。

午后，冬日里晴朗的阳光，干净得如水洗一般。在蔚蓝色的天空下，小教堂白色的墙壁和尖顶上的十字架，有了几分宁静和高度。

眼前的小教堂，像一件硕大的珠宝，矗立在面前，让我感到惊喜。

走到教堂的门前，门上有一个金属把手，一尘不染，我伸出手去，轻轻一拉，门就开了。门并没有锁，像是随时等待着一个虔诚的人到来。手离开把手的那一瞬间，觉得自己的指上都沾有了光泽。

跨进去，一股舒缓的旋律就像山间清澈的溪水缓缓流出，教堂不大，大约只能坐几十个人吧，数排高靠背的椅子上，每个位子的前面，都端端正正地放着一本《圣经》和一本赞美诗，像有一群人刚刚离去或有一群人正在到来，我选一个座位坐了下来。

　　小教堂里就我一个人，阳光从窗户外透进来，把玻璃上菱形的黄色的蓝色的光照在雪白的墙壁上。墙壁上挂着一幅油画，是《圣经》里的故事，画面上慈爱的耶稣从天堂上把胳膊伸向地面上的一个男人。男人赤裸着身子，肌肉散发出古铜色的雄壮的美，他的身后是绿色的草地，两个人伸出的手就快要勾在一起了。

　　面前的《圣经》装帧考究，黑色的封面，书脊染了红色，拿在手中，觉得高贵和敬仰，我翻到《诗篇》那一节，细小清爽的字迹滑进了我的眼睛里。我的精神里仿佛被注了一种液体，这是什么呢？

　　我对《圣经》是不陌生的，十几年前就读过，那时，我的生活是紊乱的，眼睛是迷离的。一天，我去一位矿工的家里，他家住在一片棚户区里，坑洼的炭渣路上，两边挤着歪歪扭扭低矮而简陋的房子，他的妻子是热情的人，她让我去教堂，并给了我一本《圣经》，后来，我虽然没有去教堂，但这本《圣经》却一直带在身边。此刻，在这小座教堂里，这些文字似乎有了另一种神性，它们慢慢地浸泽着我的心灵，一点一点地，没有声音，音乐的流淌更增加了心灵的舒畅和自由。

　　外面的纷忧被阻断了，它们的脚步跨不进来，我是被耶稣怜爱的孩子。

　　空间是窄小的，但也是辽阔的，空间是空荡的，但又充满着太多的东西，我没办法拒绝一只手紧握着我的一只手。

　　宁静是一棵树，落满了白色的翅膀，这是天使的翅膀，我怕一声微小的声音，会惊飞它们。

　　我坐着，小教堂里的这个位置，是为我而久等了吗？

工地与小区

　　这里原先是棚户区，一片低矮破旧的平房，一天清晨，忽然响起砰砰的砸墙声音，大家都在推倒老房子，盖起漂亮的新楼房，他们是一夜暴富了吗？过了不久，这里又响起了一片砰砰的砸楼声音，刚盖起的新楼转眼间被砸得一片狼藉，这些人有病了吗？没有——原来他们不是一夜之间暴富了，而是这儿要拆迁。最后一个钉子户也拆迁了，转眼一片小楼化为灰尘。然后，拉起了长长的围墙，安了铁的大门，里面成了一块工地。

　　首先开进来的是一辆大型挖掘机，它挥舞着巨大的爪子，把深深的黄土挖出来，这些黄土可能是一辈子唯一的一次面世，在阳光下，发出新鲜的光泽像刚出炉的面包。

　　从此，这里每日每夜都响起了刺耳的机器声，工人们肤色黝黑，戴着黄色的安全帽，穿着粗布衣服，他们的身子被机器驱赶着不能停止，春天过后的阳光已越来越热了，有时，天空飘来一块云，在他们的头顶落下一小片阴凉，他们会感到幸福无比。

　　很快，围绕着工地，四周出现了一些小饭店、小烟酒店、小杂货店等，老板都是农村来的，小烟酒店里常有假冒伪劣的商品，小杂货店里整天挂着清仓处理的横幅。小饭店里的菜烧得很粗糙但也很便宜，工地上的卡车驰过，在门口卷起一阵灰尘，民工们就在简陋的屋里大声地喝酒猜拳。

夜晚，几盏橘黄色的灯光照着偌大的工地，像一个刚刚落了幕的舞台，钢筋和脚手架静静地矗立着，在灯光下有了长长的黑色的影子；阴暗的巷子里晃动着一群拉客的女人身影，她们都是从外地来的，她们主动地对路过的民工暧昧地打着招呼，可住在这里的居民不愿意了，有人把这些情况反映到晚报上，派出所也来人清除了，但过了几天又死灰复燃。

下雨了，钢筋和大片浇铸好的水泥块被雨水洗得发亮，工地上没有一个人影，只有雨水击打的哗哗声。在民工居住的工棚里，雨水从简陋的棚顶漏下，他们就用脸盆接着，发出叮叮咚咚的声音。雨下了几天，工头们开始变得烦躁，这雨要下到什么时候？民工们就在计算着田地里的庄稼，有了这雨水就不用担心干旱了。

终于，天放晴了，第一个走上工地上的是工头，他倒背着手来回查看着，接着，民工们开始上工了，工地又开始轰鸣起来。

楼房越来越高了，有一天，工地上骤然响起了警笛声和急救车的铃声，人们围成了一团，原来是一个民工不小心从脚手架上摔了下来，当场死亡，那个民工还年轻，和他一同在工地上打工的妻子哭得死去活来，说他们再做几天就要回家农忙了，怎么就出了这事情。

过了半年，一座座楼房矗立起来了，那天，商家算好了时间，早晨8点18分，鞭炮齐鸣，庆祝楼房封顶，长长的鞭炮在地上炸着，腾起了一片烟雾，大的炮竹蹿向空中，发出有力的回响。

小区的名字叫某某花园，门口有穿制服的保安，小区内有绿的草坪，有遛狗的妇人，有一辆辆高贵的私家车。民工们的身影不见了，周围的小店铺消失了，一切又平静下来。

窗外的天空

在桌前看书久了，我喜欢抬起头来，对着窗外的天空，久久地仰望。

我的窗口在六楼上，从这里望出去，是一片楼顶上的天空，过去无遮无拦，可以望到目光穷尽处。现在，在目光的边缘，又凸起了几座高楼，像钉在地面上的木桩，绊住了我的目光。

我在这儿居住已有十年了，这片天空我已仰望得太熟悉，但我觉得它始终是新鲜的，并没有像衣服一样陈旧。因为，在这片天空的背后，是我的眼睛，在我的眼睛背后，是我的心灵，我的心情结出的是苹果，这片天空就是苹果的味道；我的心情结出的是草莓，这片天空就是草莓的味道。

一年四季，我的心情结出什么样的果子，这片天空就是什么样的味道。

天空底下，就是小区里参差交错的楼房了，楼房起起落落，没有琉璃瓦彩色的房顶，没有欧式建筑闪着阳光的尖顶，都是清一色的平顶和整齐的窗口。在楼房间，一排水杉的高度已超过六楼了，表现出一种昂扬向上的精神，有一群白鸽，时而亮着翅膀盘旋而过，在我的窗口，展示着天使的背影。

仰望，这是一种思想的自由，我的身子虽然一动没动，但我的思想已在辽阔的空间里驰骋得太远了，窗口是我思想这个大机械的一个组成部分，第一个发现窗口的人，是可以和牛顿发现苹果的坠落相比肩的。

我在一部纪录片中看到，记者在拍纳粹德国关押犹太人的集中营时，把每个牢房的窗口都呈现出高高的逼窄的，透过窗口看到的天空都是倾斜的，飘着焚尸炉滚滚的浓烟。因为镜头告诉我们，这是失去自由的窗口，这样的仰望是令人窒息的。

在窗口仰望久了，我想，是否有一双眼睛在空中俯看着我们？

有，那是上帝。《圣经》中说：上帝从至高处的天堂向下垂看着，他要倾听被囚之人的叹息，他要释放垂死的人。

上帝关怀的是他所造出的人类，向下俯看的眼睛充满着善良。但如果在众多的上帝里，有一位上帝开始仰望，那他一定有了思想，那么在天堂之外，他看到的又是什么呢？

城外的春天

初春，像个情窦初开的小姑娘，你说她还年幼，她已过了立春、雨水、惊蛰、春分，马上就要进入清明了，就像该要进入谈婚论嫁的年龄了；你说她长大了，它整天还是一副幼稚的面孔，有时一夜可以跨越两个季节，用时下时髦的语言形容就是左手是冬天，右手是春天。

昨天早晨一起床，屋外一片灿烂的阳光，我打开关闭了一冬的窗户，我一下子就被到来的春天拥抱了，我看见阳光是个装修工，在脚手架上，把楼群上的每一块陈迹铲除，再刷上一层高贵的金黄色。中午，把被子抱出去晒，晚上睡在里面，满鼻子的阳光芳香。今晨起来，气温就骤然降了下来，骑车上班，风吹在脸上，像小刀割似的，外露的手赶紧缩进衣服的袖子里，有的小姑娘为了赶早春，昨天脱了冬装，穿上了裙子，今天还穿着，在冷的天气里，让人看了不免心生寒意。

春天还是在一天一天地长大，为了看春天，我特地跑到郊外的小河边，看到那些年老的柳树，枝条还是铁黑的，虽然有了芽苞，但还是紧闭着，欲开未开迟疑的样子，远看有着淡淡的愁绪，可河里的水，在轻轻的涟漪中开始荡漾着一腔柔情，它已是春水了。

　　春天终于长大了，有了热量的阳光，让人感到身体里有许多东西在复苏萌芽。这天早晨，我热情奔放，在路上，我用力将一块硕大的石头推进河里，河水溅起一阵浪花，石头就无影无踪了。春天，不能让每一块土地被压迫着，而要让土地被耕耘，让种子在上面生长。

　　春天，使人的心乱了。大家都坐不住了，脚走在水泥地上，仿佛走在荆棘上有了疼痛，大家都在寻找，到偏远的乡村里去，在开冻的土地上走。

　　春天在城外，不是它不愿到城里来，城里的楼宇和马路，使春天拂过的手抚摸不到大地，春天有自己的眼睛、嘴唇和手指，它不属于任何人，它有自己的感情。

　　到田野去踏青，田野里有什么呢？走进去，还是去年的模样，但人呢，人的额头上也许多了一道皱纹，目光里也许多了一层深沉，还有几处风景被心底的故事照亮。

夏夜里的生命

　　夜深了，窗口的灯还在亮着，我不忍去熄灭它，因为，除了我之外，还有其他的生命也追遂灯光而来。

　　一只小蛾子飞进来，展开翅膀，在灯下飞翔，一次次向着灯光扑过去。我知道，蛾子是爱光的，它白天睡觉，在黑暗中醒来，就是为了寻找光，哪怕这是一团火，它也要扑过去的。一个为了光而宁愿牺牲生命的动物，它一定是不平庸的，是有思想的。我坐下来想好好观察它，和它对话，但它是沉默的。它这样扑来扑去，不免使我丧失了信心。

　　一只黑色的甲壳虫飞进来，它落在我的手臂上，收拢了翅膀，它的全身是黑色的，黑色是有重量的，它的爪子太细弱了，它能驮得动吗？黑色，是它家族世世代代的忏悔，它们只有驮在身上，然后，在黑暗中追求一场光明。

　　一只蛐蛐躲在书橱后面，唧唧地叫着，模仿着名人的声音，我听不懂它在说什么，但一定是这光吸引了它，它兴奋地歌唱着，像学堂里有口无心的读书小儿郎。

　　深夜的灯光，唤起了我的善良，但善良又常被罪恶所利用。一只蚊子也进来了，它嗡嗡地飞着，像一架机灵的战斗机，我懒得理它，有一会儿，我听不到它的嗡嗡声了，我以为它飞走了，可我的胳臂一阵痒，我看到它正在吸我的血，我狠狠地打过去，叭的一声，蚊子被击得粉碎，我的血从它的身子里暴露出来，像一朵梅花开放在我的皮肤上。

在深夜里，有的东西是透明的，没有光我们也能看透它，有的东西是黑暗的，再强的光也照不透它，但它们看起来却是一样的。

在深夜里，如果我过早地熄灭了灯，这些我都看不见了，但一双沉睡的眼睛，世界的存在对它又有什么意义呢？让孤独者在深夜里能与一盏灯相守，就像卖火柴的小女孩在寒冷的街头划着最后一根火柴。

悲剧的飞翔

　　我是偶尔发现自己会飞翔的。

　　我飞翔的时候，空气像厚厚的水流，在腹下流动，摩擦出春天的温暖，我的双手向前划动着，有时在空中一个腾跃，像鲸在海洋里自由。

　　我会飞。我挤到聚会的人群中激动地说。大家都笑话我，有人说，你在说灰吧，这有什么好听的。我说，不是灰，是飞，就是像鸟一样飞起来。他们摇摇头说，你的神经是不是有毛病了。

　　然后他们又各自说着自己的话，把我排斥在圈子外，我蹁蹁地走开了。

　　我和女友在公园里约会，为了博得女友的爱慕，我告诉她我会飞，她不相信。

　　我说，你等着看吧。我走到花坛前，站在高高的水泥台阶上，我踮起双脚，双手伸展，一股力量牵引着我，我的身体向上前倾着，然后用力一蹿，我的身体到了半空，开始，身体重重地下沉，我奋力地划动着双臂。终于，我浮了起来，在空中自由地飞来飞去。

　　我看到公园里的人，都抬起头来仰望着我，嘴里发出噢噢的惊叫声。

我在公园的上空飞了一圈，落到女友的面前，她紧紧地拥抱着我。她相信了我

有一天，我飞在空中看到一个城门，我决定从中穿过，但在穿越时，我才发现城门太窄小了，我的身体被卡在里面，费了好大的劲，才爬出，弄得满身灰土。

难道这里住的是小人国？

我会飞翔的事，慢慢地传开了，政府为了验证真实情况，希望我飞一次让他们看看。

我把他们领到一处悬崖边，我像过去一样飞起来了，

我的身下是万丈深渊，

我的身后，响起一片照相机拍摄的咔咔声。

第二天，全城的报纸都刊登了我飞翔时的照片，全城的人都轰动了，到处都在议论此事。

我热爱飞翔，在天空中比在土地上要安全自由，但一个人的飞翔是孤独而痛苦的。

不久，报纸上刊登了一则新闻，说西城的一个男子，为了练习飞翔，从六楼的顶上一跃而起，最后摔在地上，不治而亡。

我开始害怕起来，我现在还年轻，所以我可以飞翔，有一天，我老了，会不会在一次飞翔中，失手从空中摔下？

有一天，友人请我吃饭，他指着桌子上的烤鸽子对大家说，吃，这个肉好吃，这是会飞的东西。

我久久地凝视着，不愿下筷，但很快这只鸽子就被大家伸出的筷子瓜分了，有人的嘴里还发出嚼食鸽子骨头的吱吱声。

我忽然觉得这只鸽子是个寓言，我决定放弃飞翔。

现在，我和大家一起走路了。

我行走在土地上，却常常被一块砖头绊倒，我再也不会飞翔了。城里的人也忘了，过去有一个人会飞翔的事。

一个写小说的人

　　少年时的一个夏天，我和许多大人在打过稻子的场地上纳凉，一位外号叫大麻子的长辈，给我们讲故事，他讲一个叫大麻子的人怎么征战沙场的，故事曲折，而且他不计较自己的外号也叫大麻子，给我们增添了浓厚的兴趣，听得十分入迷。至今，我还能记起那晚蔚蓝色的天空，稻草堆里散发出的新鲜而清涩的味道。这个场景给我以后理解小说打下了基础，譬如说，小说是从民间口头文学诞生的。譬如说，小说要讲究故事好看等等。

　　一个写小说的人，他不能不被"故事"这个词缠绕。许多作家的创作经验也一再告诫：写出好故事。

　　故事在小说里经历了两个过程，先是先锋作家排斥故事，不再信任故事。后来，许多作家又放弃了先锋，回到了讲故事上来。在我的阅读里，曾跟着这股风像坐过山车一样起伏翻转。

　　在我的写作经验中，一篇小说的前半部分写作最难。因为那些人物刚刚出现，他们就像一群上访者，在你面前纷纷嚷嚷，你不知道让他们如何去，让他们如何留，如何解决他们狭路相逢的仇恨。这个时候，我是被动的，作品里的人物是主动的，我被他们追究得寝食难安。有时我会从半夜里醒来，睁着眼睛为一个人物的出路而思索。他们都是我带出来的人，和我在一路上走，我要对他们负责，不能轻易地丢下一个人不管，即使是一群卑微的小人物，我也要尊重他们。直到写到下半部，把人物一一安排好，把他们的矛盾解决好，心里才豁然开朗，轻松无比。

一个写小说的人，一生都在追求叙述一个惊彩的故事，"我的工作是在第一章就把读者捆在他们的车上，随后，让他们飕飕地经过各种场景和惊诧之事，循着精心设计的线路，以一种小心控制好节奏"。我喜欢英国作萨拉沃特斯说的这句话。当一篇小说这样写故事时，无疑是成功的。但我认为，故事不光光只是沦为技巧。我在写故事的同时，也在寻找人物的精神，我想把人物的精神代入故事的公式里去求解，寻找答案。这个时候，小说里的人物精神，也许是我自己的，也许是宽泛的。小说里的人物在时间面前总是显得有些慌张，我想让他们长久一些，不要迅速地消失，我需要耐心地、认真地写好小说里的每一个人物，而不是粗糙地扎一个稻草人，插在田地间，在一场风雨中腐败。多少个黑夜，我和这些小说里的人物在灯光下默默地对视。

六楼上的阳光

　　这是冬季久雨初晴的一个下午，我坐在六楼的阳台上。晒着暖暖的太阳，我的心有点动了。

　　阳台是用铝合金封了的，宽大而透明，玻璃拒绝了寒风和嘈杂，却不会拒绝阳光，阳光瀑布一样倾泻下来，温暖而明亮而芬芳而纯洁，我把被子、鞋子、雨伞等都拿出来晒，看着它们在太阳下惬意的样子，就觉得它们更可爱了，它们都是我用辛勤的劳动换来的，有的尽管已经破旧，但它们是干净的，见得了阳光而不需要隐蔽的。

　　阳光斜射到屋内，在地板上涂了一层薄薄的金黄色，这片阳光是我的了，是我的私有财产了，我就像守财奴一样想独自占有它，想让别人都没有，这又是不可能的，阳光是公开而公正的，它不嫌贫爱富，它不会"爱江山更爱美人"。但是我就想，太阳赐予我家的阳光就是与别人家的不同，就像单位发年终奖时不公开一样，每个人只有自己心中有数，别人是不知道的。

　　科学家计算过太阳的光线到达地球的时间是 8 分 19 秒，因此，我坚信，如果我们拥有一双神性的眼睛，就会分辨出阳光是在还没有到达地面的时候，先到达六楼，然后再到达五楼四楼直至地面的，什么东西一到了地上价值就要打折了，我的高贵就在于我先得到了阳光并使用（而在我的楼顶之上，就是一片天空了）。这阳光，用眼下对食品的要求就是纯洁的环保的绿色的，也就像分享权力，处在金字塔顶的位置就是高贵的。这样划分下去，最倒霉的就是小草，它那么低微，匍匐在地上，狗的鼻子都高过它。

在阳台上，与我同在阳光里的，还有几只花盆，一只花盆里面是太阳花，它的叶子已落完了，只剩下紫红的茎，沿着花盆纷披着；一只花盆里是米兰，枝头的叶子已有了浅浅的枯黄，盆里已落下了许多叶子。我知道，它们都在沉睡，我似乎看见了它们梦里的场景，它们一旦睁开眼睛，那种火热会把全身都燃烧成花朵。

这样宁静地坐着，慵懒得很，仿佛阳光从各个缝隙渗透到骨头里去了，暖和和的，就像阳光下的一块冰，不能动，一动就会破碎，就会融化得无影无踪。远处，是农民的菜地，浅浅的绿意，容易使人想起地毯之类的陈旧比喻，感到那块土地也是慵懒的。

一整个下午，我就坐在阳台上，阳光却在移动着三寸金莲的脚步，长亭更短亭。

地板上那片金箔，终于被一只神性的手带走了，不留下一丝叮当的声音，黑暗和冷气悄悄围拢过来。

——地球的那面，也有许多人在守候着这阳光的到来，爱与被爱都不能自私。

如何在书桌前坐下来

如何在书桌前坐下来?

那方书桌就在宽敞的玻璃窗下,明亮的阳光照进来,散乱的书页翻开着,像一只只欲飞的翅膀,白色的纸页、黄色的纸页、黑色的封面,在阳光下组成和谐的色块,桌子前,是一把椅子,现在却空着。

我是刚起身从书桌前走出来的。

走过一组沙发,走过那张宽大的床铺,我离书桌越来越远了。来到房子向南的阳台上,我拉开铝合金的窗户,一股雨后湿润的空气扑面而来,还有远处隐约的隆隆声,我虽然分不清它们是什么声音组成的,但我知道是这个巨大的城市在呼吸,楼下过道上,一只黑狗和一只白狗亲亲热热地在闲走着,走到一块空地,两只狗用鼻子嗅着,再远处,是公园里的一块园林,蓬勃的树冠在围墙上空堆成一堆一堆浓厚的绿。

我走到房子的北面,北面有一扇宽敞的窗子,窗外,小区的楼房栉比鳞次,有一棵水杉为获取阳光,已长得高过五楼的楼顶了;一群鸽子飞翔着,划着弧线从灰色的天空振翅飞过。

我又看到了窗子下的那张书桌了。

是什么东西推动着我,要在书桌前坐下来?

这个问题是一个茫茫的黑洞，黑洞是要消耗物质的。人类的头颅也是一个黑洞，我们无法到达，却又无法脱离，它的存在，使一颗心时时受到挑战，我们要捕捉那道横过心灵宇宙的炫目的光。

一张书桌就是一把尺子，可以量出我们思想的深度、长度和厚度。在书桌前，选择一个角度，可以看到我们思想的亮度、洁度和密度。一张书桌就是一块承载我们思想的基石，高楼万丈平地起，因此，它不应当是脆弱的或是动摇的……安静地回到书桌前来吧，这是智者的行为！

我的游说充满了窘迫，因为证明一张书桌的存在比证明它的不存在更加艰难！我在这种边缘的状态下行走得太远太苦太久了。一只小兽奇怪地说，人为什么要被一张书桌折磨，还不如躺在草堆旁去晒晒太阳，或去垃圾堆里，寻找几块别人丢弃的土豆。我想回答它的问题，可是我张口时，又感到恐慌。我只有回到书桌前才能获得力量。

现在，我的腿距书桌就一步之遥了。这个时候电话响了，有友人相约。

——我有一个俗人的劣根——

因此，这个下午，我再也回不到书桌前来了！

有月的夜晚

夜晚，风儿凉爽起来了，天空高远起来了，秋虫的鸣叫更加匆促，这个时候月亮升起来了，秋天的月亮和夏天相比与我们有了距离，它仿佛像邻家的小姑娘，一夜之间就长大了有了羞色，有了高贵，不肯与人接近了。

我坐在阳台上看月，月光从纱窗的孔隙间透过来时，有了木刻的样子，我起身把纱窗拉开，这时月亮更加明亮了，月光扑在我的身上，我的身体轻扬，我已好久没有望过月了，儿时盼月，能在月光下和小伙伴们玩各种游戏；青春时盼月，因为人约黄昏后。现在已过而立之年了，夜晚往往在灯下忙忙碌碌，或早早关了灯歇息疲倦的身子，多少月光在睡梦中悄然地逝去。

今晚，我走上阳台的时候，我是没有想到要望月的，我只是去看看晾在外面的衣服，我猛然就被这月惊诧了，挂在外面的白色的衬衫，浸在月色中像薄玉般透明温润，我想明早穿起来，会更白的；再看看花盆里的花朵，那些红色的花瓣，在宁静中仿佛有了心事。

月光总给人增添不尽的遐想，想写几句赞美的诗句，又觉得太俗了。想到捞月，这是很浪漫很经典的事，但除了李白捞月的传说和猴子捞月的童话外，几千年来，便再也没有了，很想听到一个新的捞月的故事，但这不是我们这个浮躁的时代能发生的。又想起过去的年代，父母趁着月色在田地里劳作着，直到深夜，拖着疲惫的身子回到家里，那时，月光皎洁的夜晚是父母一天的延长，沾满着沉重和饥饿。现在，父母年老了，他们不用劳动了，下次再回家，我要告诉他们在有月的夜晚，端个小板凳坐到院里好好赏月，重新感受月亮。

面对月亮，我感到想象力的稚拙。我坐不住了，我站起身来，张了张口，想说什么，但什么也没有说出来，不知道月光是否从我张开的口中，进入到我的肺腑了，如果这样，这些洁白的光该在我的心灵涂上一层光洁？

不知不觉中，夜已深了，在清风中我有了倦意，我起身回到房子里，把灯熄了，月光就跟着进来，斜斜地在一块地板铺上铺了一层白银。